귀신
강정 시집

문학동네시인선 060 강정

귀신

시인의 말

말의 회오리는 고요의 축 주변에서
모래알 하나도 선명하게 포착하지 못한다.

바람 지난 자리의 유령 발자국들.
말은 늘 마지막이길 바랐다.

2014년 9월
강정

차례

2부 유리의 나날

3부 나무의 룰렛

序

나무인형이 되어라.

그것은 자아를 가지고 있지 않다.

그것은 아무것도 생각하지 않는다.

……

동(動)은 물과 같이, 정(靜)은 거울과 같이, 반응은 산울림같이.

─리샤오룽(李小龍, 1940~1973)

도깨비불

어머니와 하천을 건널 때였을 거나
옛 애인과 밤 산책을 나섰을 때였을 거다

한 죽음의 소식 들은 즈음,

꿈이었을 거나
꿈이 바라본 생시의 틈이었을 거다

어두운 물위에 샛노란 불빛이 크고 빠르게 내달리고 있
었다
풀의 울음이었을 듯도 싶었으나
뭔지 생물도감 같은 덴 안 나오는 낯선 짐승의 체향이었
을 듯도 싶었다

무서웁기도 하였을 거나
공연히 마음 설레,
어깨 기댄 그네가 새삼 뜨거운 꽃 같은 질문으로 여겨졌
기도 하였을 거다

우리는 몸을 숨겼다
안위를 걱정한 것이었을 거나
빛의 더 큰 발산을 노려
빛의 몸통을 더 쓰라리게 훔쳐보려 함이었을 거다

불빛 아래
더 뜨거운 흑점으로 엉겨붙기 위함이었을 수도 있다

빛의 주위로 물이 크게 번져 보였다
빛에 홀려 물이 불타는 것으로도 보였다
우리가 서로의 입을 서로의 흠결이라도 되는 양
마구 빼앗아 먹고 다시 뱉어내며
스스로 불이 되어갈 때,

빛을 껴입은 물방울들이 하나하나 개체로 나뉘어
눈 코 입과 팔다리 달린 생명체로 살아
홍등 같은 눈 부라리며 두리번두리번 우리를 찾아다녔다

괴물 같기도 요정 같기도 아이 같기도 어른 같기도
남자 같기도 여자 같기도 하였다
그렇게
그 어느 것도 아니었다

더 잘 들키기 위해,
더 질박한 불의 살로 저들의 흑막 속에서
더 큰 몸이 되기 위해,
우린 숨을 죽였다
죽여야만 다시 타는

잉걸의 노래를 잇새로 악물며
숨긴 몸속에서 속엣것들이
그만의 발성으로 더 큰 빛을 불러낼 수 있도록
죽음이라는 최초의 가면을
서로에게 씌워주었다

어머니인지 옛 애인인지,
나는 그들의 마지막 남자이자 최초의 여자가 되었다
그렇게 오랫동안 빛을 피해
빛의 한가운데로 빨려들었다

물은 더 붉게 흐르고
하늘 위까지 물이 넘쳐 밤의 언덕 너머,
물의 갑옷을 벗은 시간의 알몸이 뚜벅뚜벅 우리 앞에 섰다
분명한 악당이었으나 밥을 해 먹여주고 싶은 슬픈 짐승이
기도 하였을 거다
그나 우리나 겁에 질렸을 것이나 그나 우리나 많이 지쳤
던 것이었을 거다
마지막 방사의 오열이거나 거대한 그리움의 가쁜 시종(始
終)이기도 하였을 거다

삼계(三界)를 다 삼킨 빛이 다만,
어떤 사람의 액화(液化)한 몸이었을 뿐이라는 것

신들의 기계가 돌연 분란을 일으켜
이 세상이 저 세상의 진심을 새삼 알아버린 날의 묵극(默
劇)이었을 거다

깨어나니 정오였다*

* A. 랭보,「새벽」마지막 연.

1부 귀신

세상 사람이 천지[太極]는 알지만 귀신[弓弓]은 모른다.
귀신이란 것은 바로 나(한울님)다.
—수운 최제우(水雲 崔濟愚, 1824~1864)

내 죽음

바람 분다

멀리서 나무가 내 팔뚝이 되어
구부러진다

땅속을 만지는 바람의 눈

등뒤에서
본디 없던 강이 범람한다

물속 어둠에
잡아먹힌 것인지
물 바깥 빛의 홍안을
잡아먹으려는 것인지

물고기 뼈들로 도열한 후생(後生)의 전말(顚末)

하늘빛을 그득 담은,
내 허물의 마지막 홍채

도근도근

도근도근,
이라 쓰고 마음 안에 그 자리를 찾는다
어떤 근육의 실없는 움직임이거나
새벽녘 창가에 머물던 이명 같은 건지도 모른다
성경을 읽다가 내뱉은 마른기침이나
코끝에서 시작되어 일순,
전 생애를 다 바쳐 무릎 꿇게 만들었던
먼 기억의 피냄새일 수도 있다
파리의 상서로운 내왕이거나
잠의 피륙들을 얄따랗게 허공에 떠
생시에 그릴 수 없는 그림들을
다가올 아침의 태양빛에 새겨놓는
꿈속 마녀의 머리카락이라면 또 어떨 것인가
도근도근,
이라 되뇌며 하고 싶은 말과
할 수 없는 말 사이에 느릿느릿 징검돌을 놓는다
가고 싶은 곳과 가야 할 곳이
욕망과 당위 사이에서 서로를 밀고 당길 때
그 모든 사태를 짐짓 남의 일인 양 눈 내리깔고는
멀리서 낚싯대를 드리운 채
잡히지 않는 물고기의 기별이나
혼자 쥐어짜보는 것이다
이것은 누구의 계시나 명령도 아닐 것이고

뭔가를 바라서 들끓던 마음의
분방한 객기도 아니었을 것이다
그저 어떤 것의
우연하고 돌발적인 눈뜨임에 말을 걸려 하니
짐짓 눈 그늘이 짙어지면서 명징한 말의 쓰임을
잊어버린 까닭이라 순순히 숨쉴 뿐이다
아무렴,
천성이 벙어리인 자가 자기를 밝히려
암흑 같은 마음속 옥편을 펼치다
떠내려던 말의 페이지가 보이는 즉시,
찢겨버린 사태라 여기면 또 얼마나 측은하고 그윽하여
그대로 순결할 것인가
또는 순결하지 않으면 어떠할 것인가
도근도근,
이라 쓰고 아무 뜻도 메아리도 찾지 않는다
도근도근,
가닿은 모든 것이 허방에서 잡히지 않는 물고기와
봄볕의 총천연색 물비늘 속에서
각자의 무지개로 어지럽게 제 뜻을 지운다
도근도근,
은 아마 눈에 오래 낀 이끼에
마음 미끄러지는 소리가 또 아니었을 것인가 싶지만 그저,
도근도근, 논다

하나의 생을 뒤집어 다시 발 구름 하는 연한 배냇짓이라면
이 얼마나 유쾌하고 또 마음 짠할 것인가
도근도근

음파(音波)

해가 우짖는 파동이 물속을 치밀게 하여
물위에 거대한 나비가 떴다

물의 포만감이 불러낸
해와 달의 악취여

냄새의 빛기둥 위에서 누군가 죽은 별을 센다

물위에 뜬 숫자들이 거대한 나비의 행렬로 번지는데,
어찌하여 이런가
손에 붙들린,
피에 번져 멀리서 이 몸을 적신,
이 하얀 손은 누구 것인가

누구의 입을 막아 노래는 노을에 찢긴 물빛이 되는가

이마를 누르는 나비의 날개
물결 안에서 녹아 펄럭이는 해

누구의 배내옷 자락인가

물구나무선 밤

밤이 하도 깊고 두꺼워
흰 벽에 줄을 그어 그 위에 어둠이 떠 있게 했다
뒤집어진 반구 아래를 미지라 이르며
가슴에서 불을 꺼내 올려놓기도 하고
두 다리를 걸쳐 거꾸로 매달린 채
머리끝에 잠열하던 글자들을 참깨 털듯 툴툴 털어
무슨 행렬로 과거를 눙치고
미래에는 어느 단어들이 현재를 해찰하는지 겨눠보기도
했다
눈 그늘 아래가 화끈거리며
몸의 뿌리가 뒷골 부위에서부터 아렸다
국부를 유린당한 마음의 곳간, 이란 문장이
찰나의 현기증으로 물컹 울렸다
이를테면,
지금 나는 몸의 수직을 뒤바꿔
영영 내게 얼굴 보이지 않을 뒷모습 같은 걸
스스로에게 들통나게 하려 하는 셈인데,
거꾸로 쏟아지는 말들은 그저 제멋대로의 그림을
하얀 벽 나지막한 줄 위에 세상 밖의 풍경인 듯
차지게 그려내고만 있는 것이다
그래, 나는 차마 내가 어둠 속을 비행중이라 말하고 싶어
진다
그랬더니,

一　　점점 중심이 희미해져 두 다리가 잘못 공수된 연장처럼 머쓱하게
　　허공을 유영하는 꼴이
　　먼 별의 항로라도 비틀려는 듯 춤추는 파행의 파일럿 같다
　　허공에서 숨을 쉬거나
　　허공이 실체임을 물질로 감득해본 적 없으나
　　허공이란 딱히
　　누가 먹다 비운 찻잔 속의 시간 같은 건 아닐까 하는 망념을 푯대 삼아
　　지그시 모든 걸 아래로 줌아웃해본다
　　나라는 건 결국 세상에서 가장 이물스러운 번개의 마지막 이빨일 수도 있다
　　공중에서 흔들리는 발끝은 자신의 질서 안에서 내파된 윤생의 흉기 같다
　　그 아래로 멀쩍이 흰 벽과
　　어둠을 집어삼키는 줄이 떠 있다
　　그 위를 걷고 있는 것인지
　　그 아래에서 더 치고 오르지 못해 주저앉고 있는 것인지
　　조금씩 근력을 상실해가는 팔뚝 안으로
　　그리고 그 사이에서 중력의 직언과 맞서 이글거리는 머리통 속으로
　　이전에는 한 번도 인간의 말로 전해지지 못했던
　　벽 속의 그림들이 다른 원근법을 궁리중이다
　　一

갓 태어난 건지 막 죽어가는 건지 모를 별의 소식을
스스로 자문하고 파기하면서,
오래전 국부를 유린당한 누군가 내 몸을 머리통부터 꺼냈
던 게 분명하다며

밤의 은밀한 비행

너의 옥문(玉門)을 통해 들여다본 세계가 내생(來生)을 낳았다

밤의 뿌리에선 검은 올리브 향이 났다
태어나기 전에 명치를 찔렀던 입맛

살아온 형태보다
가까운 곳의 죽음을 만지느라 턱없이 어여뻐진 손으로
헤픈 눈을 부비자
하늘의 뒷길이 열린다

폐허다
별들의 무덤이 쓰디쓴 지평 위의 말들을 쓸어 담는 밤

내 거웃의 냄새를 궁금해하는 여인에게
최초로 내뱉은 흉중의 독기

그날 이후
너는 옥문을 청동 조개처럼 잠근 채
기억의 유물들로 미래의 침실을 치장하기만 한다

밤은 저 혼자 복숭앗빛 첨탑을 허공에 꽂았다
전생의 명치를 눌러

하늘의 꿀을 하복부에 몰아 삼키고는
천년 전의 별똥을 사정(射精)케 한다

물의 자기장

조카 죽은 다음날 새벽,
제 발로 들어간 물가에 가보았다
일 센티미터 발 앞에 물을 두고 먼 데를 칩떠보았다

물의 손아귀는 죽은 자의 이빨
다 말하지 못한 진심의 차가운 호응

바람이 켜대는 물의 척추에서 우수수 빗물이 솟구쳤다
나무도 돌멩이도 모두 젖지 않는데,
나만 젖었다

이 세상 것들은 모두 낯이 익은데,
마지막 말을 쓸어 담는 발 앞의 여울만 미망의 탑처럼 외
려 드높았다

거기, 새벽 새가 내려앉는다
죽음을 방면한 꽃과 나무 들이 박명의 이마에
새 울음의 반향을 수놓는다

현생 풍경 가운데 오로지 내게만 보이는 그림일런가

흠뻑 젖었는데도 물이 되지 않는 나
물의 영역 안에서 혼자 불이 되어 우는 나

공기 한줌 움켜쥐고 붓인 양 칼인 양
전생의 통증을 밝혀
해의 정수리에 뜸을 놓는다

불을 마신 새 한 마리
물의 눈으로 떠올라 아침 빛이 여러 목소리다

사슴의 뜨거운 맹점

자꾸 누가 등을 떼미는 듯해서
겁에 질려 쫓긴 아이의 눈으로 집에 들어와 누웠다
창밖으로 검은 길이 뭉툭하다
유리에 비친 동공 속에 웬 사슴이 달린다
사지가 줄창 뜨겁다
몸속에 폐우물 같은 게 고여 있어
황막해진 마음 속곳 벗겨 밀어넣은 채
사슴의 운동을 좇는다
불을 삼킨 늑대처럼 소리지르며
얼어버린 물잔을 데우듯
오래오래 사슴을 좇는다
사슴 모양의 불이 창을 뚫고 어두운 길 위로 번진다
입다문 건물들이 나무로 변한다
밤의 도시가 활활 타오르는 소리
사방으로 뿌려져 뜨거운 길이 되는 늑대 울음소리
욕망과 혈기에 치달았기보다
목이 말라 어둠 저편의 물길을 찾는 소리
사슴은 오래도록 불탄다
불덩이 바깥으로
창의 북쪽 모서리가 녹아내린 자리에 사슴뿔이 돋는다
구름에 한쪽 끝 날이 뭉개진 그믐달인 양
이편을 뚫어지게 쳐다본다
되돌아본 방안에 죽은 짐승의 시체 즐비하다

*

죽은 다음날이라는 자각이 들었다
건넌방 처녀가 문을 두드린다
유리문에 뜬 처녀의 그림자 뒤에 오래 알고 있던 그가
피 흘리며 울고 있는 아침
건넌방은 사실, 사람이 죽어 비어 있는지 오래
한밤의 나무들이 잎사귀를 황급히 추스르고는
빠르게 아침 언덕을 향해 걸어오른다
나는 커튼을 닫는다
환몽 끝의 탁본처럼 커튼에 드리운 사슴의 문양을 종이
에 옮겨 그린다
긋는 선마다 서슬 뭉개진 불길이다
나의 이생은 매번 이렇게 유린당한다
그 어떤 슬픔 없이,
좁은 흑점 속에 전신을 말아넣고 재 돼버린
남루한 화선지 속
저쪽 면의 어두운 점을 이편의 우주라 통칭하며
낙오한 외계인의 밀봉된 기별인 듯
해가 새카맣다

암청(暗聽) 1

밤새 심청가 완창을 듣다 잠이 들었다
몸안에 한기(寒氣)가 하도 깊어 심지어 마음이 따갑게 델
지경,
분명 살아본 적 있는 물속이었다

어느 쇠락한 역사(力士)가 구부러뜨린 미련일까
언월(偃月) 끄트머리가 물의 심장을 쩔렀다
복기되지 않는 소리들이 물 밖으로 튀어
사라지는 공기가 되었다

물과 불이 산소가 되는 시간
천년의 망집이 천년의 근거가 되는 하룻밤

이마에 빨간 볏이 솟았다
귓속에서부터 검은 털이 자란다
멀리서만 움직이는 별들의 항로와
물속에 큰 집을 지어 달의 비문을 읽는
어두운 정충들의 운동을 탐침하려는가
나는 새가 되어 운다

음경이 몸안을 쑤시고 들어온다
그리하여
낮게 뜬 구름들에서 부서져내리는

검은 깃털, 깃털들
발기하는 새벽의 나무
솟구치는 물속의 뿌리들

몸 깊숙이 거대한 암반이 패었다
가라앉는 밤의 복부가 볼록하니
눈먼 역사의 칼이 먼 별의 성기로 자라
배꼽을 유린한 까닭일 터다

암청 2

잠의 끝에 새소리가 번진다
소리를 마친 문간의 귀신이 너울너울 흰옷을 기워 입고
아침의 다른 면상을 그린다

오래전 시들이 성장을 하고 짐짓 다른 표정으로 말을 건다

날카롭게 우는 피리의 홈반에서 흰 피를 뽑을 때
항문을 크게 조여 기나긴 울음을 뿜는다
더 밑엔 나무가 자란다
내 밑을 뚫고 솟아 피고름의 열매를 입귀에 피워올린다

고요한 새가 핏빛 몽우릴 삼킨다

죽지 않은 달의 부리가 볏을 꿰어 더 큰 새벽을 실어나
르고
나자마자 벌써 초경의 끝
새침한 기생처럼 아침의 분을 칠하며
눈물을 깨물어 피를 달랜다

무너진 하초(下焦)는 실명한 별의 무덤이었더랬다

바다에서 나온 말

> 달을 희롱하며 바다에서 나온
> 말[馬]은 창 앞에서 기다린다
> —김구용, 「유월」에서

누가 창가에 서 있다
여자라고도 남자라고도 말 못하겠다
남자의 성기 끝에 여자의 입을 달았다고나 말해야겠다
사람이라고도 사람 아니라고도 말 못하겠다
짐승의 몸으로 사람이 풀을 뜯는 것이라고나 말해야겠다

누가 창가에 서 있다
바람일까
낮에 본 나무의 그림자가 뿌리를 일으켰을까
이 집엔 없는 몸들을 일으켜
밤새 집안을 서성이게 하는 것으론
바람이라고 믿는다
풀 하나 없는 방안에 묵은 시간의 녹조(綠藻)를 풍기면서
뚝뚝 천장의 누수를 도발하는 것으론
나무라 믿는다

그림자는 무슨 구덩이나 우물 같다

그 둘레로 풀들이 맵게 자란다
나는 잠들었는지 깨어 있는지 모르게
부들부들 움직인다
다리를 움직이는지 머리를 궁글리는지 분별할 만한 자는
이 세상에 없다
그렇게 나는 창밖에 선 채로
방안을 서성거린다

구덩이 근처로 큰 나무가 움직인다
집 전체가 구덩이 속으로 미끄러져 사라진다
알고 있던 모든 길이
커다란 수풀로 변한다
허공에 뜬 들창에서
누군가 계속 이곳을 내려다본다
구덩이 위엔 먹다 버린 비스킷처럼 달이 떠 있다
수풀에서 나무 하나가 천천히 걸어나와
기다란 혀로 달을 건져 먹는다

바람이 몰아친다
부푸는 수풀이 광목천처럼 푸다닥 내달리며
바람 속에서 기다란 말 한 마리 오려낸다
나는 말의 목을 쳐 지나온 미래의 풍경들을 엿본다
잘려나간 목덜미 안에 더 큰 말들이 바다를 향해 질주하

고 있다
　모든 밤을 달려온 바다가
　첫 몽정의 당혹처럼 꼿꼿하게 일어선다

밤은 영화관

누가 나무 탁자에 찻잔 내려놓는 소리

쓰디쓴 물을 삼켜 마음에 눌어붙은 혹을 떼려 하는 소리

생시에 수억 번도 더 들었던 소리

수억 중 한 찰나가 영원으로 달려가는 소리

소리의 벽 위에서 움직이는 그림자들

모든 걸 다 안다는 듯 짐짓 표정을 바꾸며

어두운 헛간 같은 데서 바지를 내리는 병든 신의 요의

하필, 난생처음 가랑이를 벌리는 처녀의

등뒤에서 작렬하는 웃음

너무 창피하고 분연해서 고요히 미치고야 마는 하룻밤

나는 밤의 이마를 뜯어 그 안에서 돌아가는 필름을 찢었다

태어나기 전의 사람들이 죽음을 번복하며 재생의 분을 바

른다

이곳은 차마 달보다 멀고

탄생보다는 수천 배의 기억을 지녔다

누가 다시 찻잔을 든다

남몰래 흘린 물방울이 빠르게 마른다

새까만 해의 뒷면에서 묻어나온

이생의 얼룩이다

물위에서의 정지

날아오르기 직전일 수도
떨어져내리기 직전일 수도 있다

나는 물을 보고 있었다
그림자와 실체 사이에서 사라지고 있었다
가라앉는 것과 떠오르는 것 사이의 정물이 되어 있었다

물 표면에 뜬 그림자가 움직인다

지나가는 것일 수도
다시 돌아오는 것일 수도 있다

그림자를 따라 천천히 움직인다
내가 움직일 때
그림자는 고요히 멎은 채
어느 먼 곳의 파도 소리를 이끌고
물위에 뜬 작은 꽃잎들의 일상 속에서 지분댄다

물위에서 멎은 것과
물속으로 움직이는 것 들 사이에서 울려나오는
깨알 같은 총성
물방울들의 내밀한 화간(和姦)

죽어가는 순간일 수도
다시 깨어 다른 물체가 되는 순간일 수도 있다

바람은 꽃잎에 내려앉아 투명한 옷을 벗는다

꽃이 꽃이라 불리기 전에 태어났던 물고기들이
허공에 멎은 나를 본다

그림자는 그물처럼 물위를 휘저어
물고기 잇자국 명료한 그날의 해골을 건져올린다

웃고 있는 흰 꽃이다

소리의 동굴

우기의 밤, 기타줄들이 눅눅하다
기대선 벽을 주먹으로 친다
분노나 억압 탓은 아닐 것이로다
제 마음에 뭐가 남아 있는지 의아해하는 백치 노파거나
오래 갇혀 있어 벽 너머가 외려 두려운 수인처럼
툭툭, 자신 손마디의 쓰임새나 확인하려
벽을 주먹으로 친다
마디가 둔탁한 공명이 누렇게 번진다
비에 젖은 벽은 의외로 말랑말랑하다
소리는 소리의 그림자보다 크지 않다
그림자 속으로 살을 여미며 사라지는 소리들
방이 크게 그늘진다
빗금으로 미끄러진 벽을 타고 허공에 고인 구름들이 활
강한다
감금된 소리의 수형들이 손을 맞잡고 큰 원을 그린다
나는 드러누워 있는 참인데,
소리에 파묻힌 어떤 몸은 끝끝내 빗줄기를 거꾸로 부여
잡고
느닷없는 우레로 쏟아진다
드러누운 내 몸을 관통해 오래도록 벽을 쿵쿵 친다
소리의 그림자는 소리보다 더 두껍고 맹렬하다
벽 안쪽으로 파행하는 소용돌이
구름의 미세 입자로 부풀어오르는 시간

높이 뛰어올랐다가 하늘을 되튕겨 추락하는 기분이란 걸
시로 써보려 한다
그러려면 온몸이 소리가 되어
흔적없이 바스러져야 한다
벽을 치던 손으로 기타를 쥐고 1번 줄과 6번 줄을 동시
에 퉁긴다
가는 소리가 굵은 소리를 덮쳐 허공에 피가 고인다
벽 속에서 처음 보는 남자와 여자가 몸을 엉킨 채 나타
난다
남자의 몸에 여자의 그림자가 드리워진다
여자는 다시 벽 속으로 들어가며 더더욱 커지고
남자는 계속 작아져 성기만 남았다가 점이 되었다가
어두운 공명통 안에 잠긴 목청을 누인다
서로 닿지 않는 영역에서 전력을 다해 자신을 지우는 게
사랑이다, 라고 나는 쓴다
소리는 그러나 그 어떤 말로도 썩어지지 않고
소리의 그림자는 씌어진 글자들을 지우며 넓어진다
저 홀로 그늘져 빗물을 피해 더 깊이 웅덩이가 되고
더 어두운 빛의 속살로 둥둥둥둥 제 갈비뼈를 우려
벽 속에 숨은 말들의 잔등을 두드린다
벽을 뚫고 나오려는 말
소리의 깊숙한 동굴에서 사람이 되어 무늬를 쥐어짜는
습기

다시 기타를 벽에 기대 세운다
기타줄은 상한 낚싯줄처럼 꼿꼿하게 부식돼 있다
공명통 안에 숨죽인 남자의 울음이
줄들을 울린다
벽이 낮게 흐느낀다
벽 속의 여자가 몸안의 사루(砂漏)를 홑뿌려 끄집어내는
종소리
방이 급격히 둥글어진다
벽 위에 느릿느릿 그어진 굵은 선을 따라
생시에 나를 삼켰던 거대한 물고기가 고대 암벽의 조상
(彫像)처럼
끔뻑끔뻑 눈을 번득이며,
빗줄기 속에 큰길을 낸다
소리를 망실한 어족들이 사람의 살로 회생하는
기나긴 우기의 밤이다

2부 유리의 나날

아침 오면 지팡이 짚고 고인(高人)을 방문하고
난간에 앉으면 산수를 그린다.
부슬대는 가랑비에 안개가 젖어들고
먹물이 종이에 떨어지면 우뚝 솟은 소나무.
그대가 때로 붓을 멈추고 크게 웃으면
나 역시 미친 노래로 좇아간다.
─스타오(石濤, 1642~1707)

들켜버린 한낮

9층 창문을 열어둔 채 여자는 내 남근을 오래 물고 있었다
나는 몸속에 커다란 구멍이 생기길 바랐고

성급하게 사정을 마치고 창 아래를 본다
왠지 허공을 걸을 수 있을 것만 같은 심정이다

곧 무너질 것 같던 집 앞의 건물이 며칠 새
정말 무너져버렸다

인부조차 보이지 않는 출입 제한 보호막 안쪽
널린 건자재들 사이로 고양이 한 마리 뛴다

세상 전부가
누가 뜯어먹다 버린 환부 같은 오후

돌멩이들이 숨어 있던 눈을 떠 이편을 올려다본다
뭐라 응대하지도 피하지도 못한다

등뒤에선 여자가 게으르게 옷을 주워 입는 소리
돌아보면 그대로 돌이 되어 굳어버릴 것 같은 무심

선인장처럼 곧추서서 보호막 너머를 살핀다
모든 걸 들킨 사람을 보호해주는 막은 그러나 세상에 없다

건너편 옥상의 안테나 사이로
방해 주파처럼 교차하는 구름 덩이들

나는 진심을 다한 내 연기가 죽음에 이르지 못했음을 안다
천상의 티브이 속에 갇힌 채, 절뚝절뚝 폐허를 향해 걸어
내려오는 오후

공터를 떠나자 포클레인이 첫 파열음을 낸다
해가 뒤에서 열렬히 용두질하는 소리라 여기자

유리의 눈

병이 깨지자
자잘한 유리들이 발톱을 세웠다

둥글고 매끄럽던 세계가 뾰족한 가시의 숲으로,
투명하게 이지러진 팔차원의 흉기로 변한다

따끔거리는,
사물의 모든 흉곽이 뒤집어진,
어둠이 밝음으로,
구체가 수직으로 곤두선,
태양 반사광이 시린 실명의 빛으로 거듭나는,
세계의 숨은 그림

병의 더 깊은 형태는 자디잔 유리알들의 난반사다
지워진 너는 그곳에서 더 빛났다

하나에서 천 마디 만 마디로 분절된,
유리의 눈으로

유리의 나날

너를 바로 보려는 순간,
유리 조각에 눈을 베었다
사랑은 결국,
박명의 산파
터져나오는 비명의 악절은 푸르다
번쩍이는 빛의 분열
점점이 부서지는 소리의 파동
쪼개진 유리 표면에서 가느다란 가지가 자라오른다
번지는 빛의 입자들이 붉은 꽃잎으로 꿈틀댄다
나는 커다란 검은 돌을 찾는다
돌은,
내가 너를 보려 하지 않던 순간엔 존재하지 않았다
너라는 빛이 삼켜버린 거대한 뿌리
한 생애가 무너지고 나서야 비로소,
전신으로 세계의 입구가 되는
검은 돌
전 세계를 가려버리는 유일한
검은빛
손을 허공에 짚고 길을 찾는다
유리에서 솟아오른 나무들에 은빛 새가 내려앉는다
앉은 채로 그대로 빳빳한 얼음이 된다
새를 통해 바라본 하늘은
굳게 닫힌 채 단단하고 뽀얗다

새는 하늘에서 부서진 빛을 껴입고 지상의 보석이 된다
커다란 들짐승이 달려가다 멎는다
낙태한 처녀의 피 맺힌 동굴처럼 입 벌리고 죽는다
눈이 내린다
눈은 유리로 빚은 꽃잎과 같다
바람이 분다
커다란 곡선으로 얼어붙은 바람은
네 앞에서 멈춰버린 몹쓸 마음처럼 둥글게 휘었다
그건 오래전 짓다 만 무슨 다리나
무너져내리기 직전에 굳어버린 허공의 난간 같다
눈이 내린다
더 많은 유리와
더 차갑게 멎어버린 빛의 심줄이 쏟아져내린다
나는 커다란 돌을 찾는다
눈 베이기 전, 마지막으로 보았던 너의 그림자가
그대로 얼어붙은 최초의 입상을 찾는다
모든 빛을 빨아먹는 새들의 비명과
작은 유리알에서 발아한
결빙된 식물들의 합창이
허공의 궁륭을 감싼다
나는 눈을 베여 사방 빛으로 얼어붙은 동굴 속에서 운다
비명의 악절은 푸름을 건너 보랏빛 폭포로 쏟아진다
빛들이 창궐하는 동굴 안에서 유일한 불덩이로

스스로의 푸름을 녹인다
나는 검은 돌을 찾는다
마지막까지 남거나
처음부터 존재하지 않았던 빛의 원석
눈이 내린다
눈은 찢기고 안으로 꿰뚫려 몸안을 비추다가
우주의 넓이로 확산한다
그 안에서 수천 갈래 유리의 눈들이 터져나와
죽어버린 세계의 도감을 펼친다
몸안에서 검은 돌이 운다
얼어붙은 새들이 날아오르고 나무에 매달린 보석들이
폐석(廢石)처럼 쏟아져내린다
다시 달리기 시작한 짐승 아가리에 오래전 죽은,
내 얼굴이 물려 있다

가시 인간

흐린 창을 앞에 두고
사랑을 읊으려는 순간,
으르렁대는 목젖에서부터 가시가 돋았다
빼곡한 가시꽃의 범람

창을 찢고 바람의 복수를 터뜨릴
영혼의 바늘들
너무 차고 넘쳐 외려
당신 것마저 빼앗아야 하는
피의 갈증을 먹고 산다

피의 망토를 뒤집어쓰고 펄럭이는 말들
가리면 가릴수록
천 번의 기립으로 날 세우며 자지러지는 상처들

흐린 창 너머 당신 혀에서 새어나온,
피를 삼켜 우는 바람

문지르고 짓밟을수록
더더욱 날카롭게 일어서는
피의 모근들

창을 찢고 달려나가자

온몸에 가시를 달고
공기의 미세한 틈 사이
식물을 자라게 하는 대지의 모세혈관에
짐승의 정액을 주사하러

거미알

볕이 좋아 맨얼굴로 숲가에 드러누웠다
나무 사이로 그물을 펼친
거미가 허공에 매달려
고요한 종을 친다
보이지 않는 원을 거듭 그리며
들리지 않는 세상의
숨은 골상들을 꺼낸다
돌연 사타구니가 가렵다
미간에 뿌리박는 햇빛은
고드름 같다
눈으로 새겨두었던 얼굴들이
물위에 뜬 기름처럼
무지갯빛으로 번졌다가
망막 안쪽의 뜨거운 책이 되어
부릅뜬 망각의 파형으로 번진다
거미줄의 탄성이 조밀해진다
퉁퉁
바람이 잃어버린 제 소리를 찾아헤맨다
그에 맞춰 휘파람을 불었다
흉곽 안쪽에서 죽은 자들이 소리지른다
해는 듣지 못하나
그림자들이 먼저 알고
허공의 검은 선으로 폭풍을 몰아오며

소리의 층계 위에
기다란 사다리를 세워 일으킨다
갑자기 생의 비밀을 누설하는 이곳은
구름의 뿌리인가
무덤의 첨탑인가
은빛 나선의 한가운데로 쫄아드는 태양
햇빛의 낱알들을 점점이 걷어올리며
서서히 검어지는 거미
밤눈을 켜고 두리번두리번 움직이기 시작하는 나무들
출렁이는 밤의 그물 속으로
태양을 등진 허무의 돌들이 떨어진다
모로 누워 땅을 디딘 음경에서
터져나오는 별들
이 몸을 거쳐 영원의 눈빛이 된
단단한 시간의 피톨들이 내가 낳은 알〔卵〕 같다

호랑이 감정

다만, 좋은 공기를 만나 숨을 삼켰을 뿐인데
사람 하나가 코로 들어왔다
꿈인지 생시인지
내가 사람인지 짐승인지 혼돈스러운
어느 너른 길의 짧은 오수 속에서
비정과 나른의 통로이거나
호탕과 소심의 갈림길인
참음과 굶주림의 허방을 헤쳐
분내 특출한 여인 하나 숨결에 들어앉아
성성하게 굽이진 목젖 위에서 잠든 울음을 요분질한다
포악과 갈증의 무늬를 잠시 여민 채
세상 그늘진 곳에서
순간을 영원 삼아 쉬어가던 몸
잠든 털 올들 사이
부대끼는 바람결에 꽃을 매달고 울대를 움켜쥔 이것은
제 살을 쥐어뜯는 몽매 같기도,
더 큰 울음을 내성케 하는 먼 과거의 엄명 같기도 하다
나는 응당 그래야 하는 심장의 지령에 따라
사위를 둘러본다
다만, 갑자기 어두울 뿐이다
이제, 몸안의 빛을 꺼내 나를 죽이고
죽인 나를 채찍질해 몸의 이끌림에 투신해야 할 때,
숨겼던 발톱과 이빨이 저만의 생기를 시위라도 하듯

점점 끄무러져가는 노을 아래 더 붉은 촉광으로 망막의 혈
기를 끌어올리고
위장은 무슨 쓰다 만 비문(碑文)처럼 정적하게 비어간다
자신을 죽여 다른 이를 살리는 것이나
자신의 호기로 다른 것을 죽여야 하는 사명이
이토록 뜨겁게 부딪친 적 또 있었을까
나는 크게 숨을 내쉰다
목젖을 지나
허허로운 위장의 내밀한 질서를 토닥이며 낭심을 거머쥔
여인의 기운
콧구멍 속 큰 동굴의 잠을 열고
깊은 숨이 나가자 나는 쓰러진다
쓰러지는 반동으로 내쳐 어둠 속으로 뛰어든다
멀리 숨죽인 흰 사슴 한 마리 사력과 정성을 다해 밤의 등
불을 뒤흔들고
몸안에서 여인이 해사하게 운다
그 울음을 받아 속으로 삼킨 포효로 세상 중심을 하복부
에 담는다
달린다
소리내 울지 않는다
머무르지 않는다
사랑하지 않는다
모든 사랑을 다 거치며 스스로 사라지는

057

─　시속(時速)의 망각 속에서
　나는 혼자 사람의 탈로 세상의 탈을 다 받으려 애쓴다
　먼 데를 보며 참아내는 울음이
　미래에 여인이 울 그 울음의 까마득한 전주(前奏)라도 되
는 양,
　터지면 쇠도 삼킬 내 울음이
　행여 칼바람의 파성(破聲)으로 여인을 벨까 우려하고 기
대하며

　─

해바라기
— **미시령에서**

바다에서부터 시작된 고개를 넘자마자
햇빛이 알알이 굳어
잘 익은 옥수수알처럼 발밑을 구른다
나는 자꾸 이곳보다 더 넓거나 깊은 곳을 상상한다
우뚝 솟은 산은 아무래도 바다의 거짓말 같다
나는 오래전 물 밖으로 튀어나온 산 구릉의 생각들을 되
뇐다
공기가 뜨겁다
바람이 열기구처럼 튀어나와 부푼다
해가 통통하게 굳어 그 아래 긴 그늘로 속삭인다
보이는 건 모두 해의 뒷면
해의 기나긴 잊힌 말들
사람은 제 얼굴보다 큰 모자의 차양을 꽃잎으로 흔들며
입을 닫는다
노란 말풍선이 빛의 초점을 모아 허방에 실소를 터뜨린다

한 편의 시가 구겨져 다른 빛이 되는 여름낮

가면의 혈통

가면을 쓰고 노래 부른다

내 얼굴은 내 바깥에서 가면의 노랠 듣는다
가면의 목소리는 등뒤에서 울린다
천 개의 음색, 천 개의 표정으로
허물 벗겨진 벽 속의 어둠처럼
허공에서 떨어지다 만 구름의 입자처럼

노래가 부푸는 동안
얼굴에서 지워진 소리들이 빛의 입방체로 허공을 메운다
건물 창밖으로 고개 내민 얼굴들처럼
일제히 다른 말을 지껄여댄다

가면 안쪽에 가시가 돋는다
가면을 뚫고 나온 가시 끝에 핏방울이 맺힌다

가면을 벗는다
피투성이로 웃고 있는 가면에서
벌거벗은 여자가 걸어나와 화장을 지운다
여자의 다리 사이로
흰색 빨간색 파란색 검은색 보라색 꽃들이 불붙는다

태어나자마자 가면을 쓴 아이들이 일제히 웃음을 터뜨린다

내 얼굴이 긴 줄에 매달려 허공을 입에 물고 떠 있다
시퍼런 불을 삼킨 붉은 구멍으로 빛난다

무대 위의 촛불

1막
공중에서 타오른 빛이 허공에 둥근 우물을 만들었다
이제, 금빛 그물 속에 가려진 어둠에 모양을 내야 한다

우물 사방은 검은 벽
우물 저 깊은 아래 말이 되지 못하는
어두운 율동들로 피어올라
너의 얼굴을 그리고 있는 불꽃
타들어가는,
소리 없는 울음

문득 배가 고프다
나는 불을 삼키려 입을 벌린다
입에서 뿜어져나가는 바람을 타고
물 깊은 곳에서 망가진 얼굴들이
한 번도 네가 되어보지 못한 그림자들이
파랗게 입김을 뿜는다
어둠의 투망 건너 그림자를 불태우며
내 얼굴에 옮겨붙는 너의 넋

짐짓 무슨 소리가 들리는 듯하였다
아무 대답도 해줄 수 없었다

다급해질수록 스스로 낯설어지는 식욕
불길이 커질수록 더더욱 넓어지는 허공

뜨거워질수록 차갑게 어두워져가는 기억
나는 내 안의 다른 생물에게 물었다
끄집어내면 진흙처럼 무너져 모래로 쌓이는 말들로
허공의 빈틈을 메웠다
메울수록 더 넓어지는 침묵의 비명들

흐느껴 울던 몸이 새하얀 뻘 늪으로 녹아 고였다
만져보니 딱딱했다

2막
누군가 미끄러운 걸음으로 걸어와 심지를 잠근다

뜨거운 것들이 남긴 빙산 같은 상처들

몸속의 어둠을 긁다가 굳어버린
마음속 오지에서의 불의 만찬

내게로 옮겨붙은 너의 얼굴을 나는 이제야 뜯어먹는다
기억의 잔해로 딴딴하게 굳은
시간의 편육이 매캐하다

나는 죽은 시간의 피륙을 걸치고
거대해진 촛불의 심장 속으로 들어간다
내 육신이 타들어가는 냄새를
코만 남은 광대들이 제 몸인 양 기워 입고 춤추는
텅 빈 무대 위,

공유결합(共有結合)

햇빛 속에 당신의 부드러운 털 올이 떠다녀요
공기 속에 푸르른 비단이 펼쳐져요

당신은 물길처럼 연하게 시간의 능선을 넘어갔죠
오래 만질수록 미끄러져 사라지는 지상의 마지막 온기

기다란 비단결의 밤에 무릎을 찧어요
몸속에서 흰 꽃이 벙벙 터져 별들이 눈물 흘려요

당신의 살결을 뒤집으면 시간은 빛의 속도를 늦춰
이생 바깥의 무늬를 내 몸에 새기죠

용(龍)과 장미의 선율로 몸피를 두른 채
왼손과 오른손이 서로를 밀쳐내는 이상한 놀이에 전념해요

머나먼 바닥으로 추락하는 공기방울들의 날 선 비산(飛散)
귀를 닫은 수천 년 전의 음악

나는 손바닥을 펼쳐 어지럽게 갈라진 지문 속으로 숨어요
실선 마디마다 분수가 터져 기나긴 강으로 흘러요

누구시죠
비단의 양쪽 귀를 잡아당겨 힘차게 고인 물을 털어내는
당신은……

한낮의 어두운 빙점

겨울 해를 마주보고
허공에 돋보기를 댄다
전자파처럼 떠도는 적막한 비명

둔덕 너머에 걸려 있던 흰 달이 구름의 모서리를 긁는다
공기의 숨겨진 문을 따고 여름의 파도가 침투한다

머리 위로 하얀 물거품이 멈춰 선다
커다란 고드름으로 얼어붙은 햇빛이
푸르른 정적을 찢는다
길게 얼어붙은 물방울들을
순결한 보검(寶劍)인 양 치켜들자

물기가 녹을 때마다
햇빛이 동면하는 기억들에 불그스름한 고름을 먹인다

찢긴 구름의 능선 사이로
일찍 깨인 밤이 기다란 밧줄로 떨어진다
전신을 매달아 빛의 꼭대기로 기어오른다

얼음조각으로 늘어선 당신의 지난날
희디흰 시간의 동굴에서 불현듯 눈을 뜨는
검은 곰의 울음

천상의 물고기를 잡아먹고 쉽게 포효하는
거친 털가죽 속의 망각

흰 구름의 입자들이 사람의 얼굴로 융기한다
돋보기를 대었던 자리에 은빛 활자들이 도열한다
이름도 뜻도 없이 파랗게 일어서는,
시를 망각한,
고요의 피톨들

밤의 입자들이 천 개의 눈을 밝혀 대낮을 응시한다
나는 신의 자리를 빼앗았다

큰 꽃의 말

길옆 나무들에
색색의 뱀들이 매달려 혀를 내밀고 있다
기나긴 말의 나선
봉인되었던 천국의 즙액들이 누수된다
나는 길 안쪽에서 그것들과 얘기하기도 하고
길 바깥에서 사투리처럼 머뭇거리기도 한다
길 안이든 바깥이든
결국엔 점이 되거나
그 어떤 뱀의 대가리도 채워넣지 못할 괄호로
텅 비어버릴 것이다
들여다보면 말없이 죽은 누군가의 해골이거나
한없이 밑으로만 나래를 펼치는
잔뿌리 같은 게
물속 물고기의 비늘처럼 번득일지도 모른다
나는 텅 빈 채로 움직이고
그때마다 뱀들이 미끄러져 내려와 길을 덮는다
몸 비틀어 진흙을 훑어 새긴 문양들이
그대로 어떤 말이 되고 그림이 된다
나는 길 안에도 바깥에도 존재하고
아무 말도 몸도 없이 유령처럼 떠돌고
뱀들이 부려놓은,
이 세상엔 없는 말이나 그림으로 펄럭이다가
이내 다시 길의 하품으로 끄무러지는 입을 봉한다

길은 결국 수천 마리 뱀들이 몸을 꿰어 연결한
보다 더 큰 뱀의 몸뚱이에 불과하지 않겠나
지구의 낭심을 움켜쥔 채
통째 하늘로 끌어올리려는 뱀들의 분란
거대한 침묵의 뿌리를 펼쳐
하늘에서 물고 내려온,
여태 한 번도 지상에선 달려보지 못한 길들이
오래전 내 몸이었던 세상 속으로 낯선 말들을 깨물고 내
달린다
뱀들은 이내 스스로 몸을 직립해
스스로 길이었던 길을 일으켜세움으로써
스스로 길이었던 길을 허방으로 비운다
길 속에 갇혀 있던 풍경이 곧 터져버릴 기포처럼 부푼다
나는 이런 걸 내가 피어나는 순간이라 말하고 싶어한다
동그랗게 비어 있는 얼굴 둘레에
비늘 같은 꽃잎들을 천형인 양 잔뜩 매단 채
모든 길의 입구를 천 갈래 혀로 찢어
몸안의 암술로 꽂아두려 하는 것이다
나를 꿰뚫어
그 안의 깊은 구멍 속 갓난 지구를 뜨겁게 삼키시라고

돌의 탄식

강가의 너른 면적이 둥글어진다
나는 눈을 감고 오래전 기타 소리를 떠올린다

낮의 허물이 벗겨져 이 강은 수천 광년 어둡다
빛의 노란 잉걸들이 별로 뜬다

강의 밑둥이 둥그런 천체로 떠오른다

붉은 점 하나 부풀어
기타 소리와 함께 넓게 넓게 날개를 편다

지옥에서 돌아오는 독수리
수천수만 겹 인간 얼굴을 시간의 마디마다에서 낚아올린다

강 너머의 도시가 물속에 처박혀 수초처럼 하늘거린다

누군가 주먹을 움켜쥔다
기타 소리가 멎는다

직각으로 일어서던 강이 빠르게 몸을 누인다

다시 햇빛
나는 사람을 죽였다

눈물을 감춘 주먹에게 고백을 강요받으며
전 생애를 지워버린 차가운 혼령으로 얼어붙어 있다

빛의 뿌리가
죄의 부리를 낚아채 강의 저편으로 싣고 간다

나는 사람을 죽였다, 부러진 기타 소리로

3부 나무의 룰렛

  적의 다치(太刀)에 대고 버티고 들어갈 때에 마음놓고 조
용히 몸을 접근시켜도 좋다. 버틴다고 하는 것과 얽힌다고
하는 것은 서로 다르며 버티는 것은 강하지만 얽히는 일은
약하다.
  —미야모토 무사시(宮本武藏, ?~1645)

봄눈사람

다리 사이 불이 꺼지고 난 뒤
눈사람이 되었다
봄이 되어도 녹지 않는다

물의 옷을 입은
흙의 죽음

녹아 흐르던 것에서
일어서 굳는 것으로,
절멸하던 것에서
영원의 화석으로

서서 운다
소리 없이
눈썹 아래
돌 떨구며

입에서 꽃이 핀다
내 입에서 난 것들을
나는 먹을 수 없다

향기는 봉오리보다
멀고

색채는 해의 이빨 틈새에서
십만 분의 일 초대로
분열중

가랑이 사이로 고개를 박고
꽃의 그림자를 핥는다
먼 땅끝이 오금에 닿아
무릎 뒤에서 누가 말을 건다

해가 하얗다
꽃은 하양을 삼킨 모든 빛

초벌

일찍 머리가 센 소년이 동공 안에 독주를 부어
이내 머리칼이 붉게 타올랐다
인골을 짊어 멘 소녀가 배시시 웃음을 흘려
입가에서 부푼 공기 방울을 세는 동안
지나간 한 세기가 담장 너머에서
못다 운 울음으로 자꾸 제 등을 긁는다

용이나 한 마리 키울까 하던 노파는 평생 우려낸 피부를
길고 긴 널판으로 깔아놓았다
그 위로 바람이 미끄러져 달리며 몸을 비튼다
제 흘린 마음 담을 데를
먼 곳에 액자처럼 꽂아 빚는다

가슴 울컥이게 하는 소리들 모두 액자 속에서
나무가 되고 천둥이 되어
커다란 산으로 자란다
눈알로부터 해의 주름처럼 피눈물 흘리는 소년
새를 잡으러 액자 속에 뛰어든다

소녀야 소녀야
내 해골 다시 빚어 액자 바깥에서 우는 용의 먹이로 뿌려
주렴

말을 지워낸 시체의 첫 표정처럼
어딘가 어둑하나 전체로 투명한 웃음이 소녀의 입귀에 걸
린다
산 초입에 대롱대롱 휘둘린 바람이 액자를 흔든다
나는 나의 밑그림을 놓친다

용을 잡아 각을 뜬 액자 속에서 바람이 불을 뿜는다
내가 살았던 시간이 노파의 비쩍 마른 몸피 속
늑골 사이 어둠이었음을 나는 아느냐

불구덩이가 된 소년의 몸속에서 소녀가 연방 웃는다
나는 다른 여자가 될 것이다

돼지우리에서

그는 자지에 눈이 달린 남자였다
나는 단지 조용히 방문을 닫고 그의 얼굴을 바라만 봤다
성긴 머리 타래가 벽을 두드리는 소리
창밖에 늙은 개가 지나갔다

그는 커다란 식빵 속에서 살았다
우유와 버터를 사다주지 않으면 엉덩이를 드러내며 울었다
꺼억꺼억 짐승 소리를 내며 울었다
마당을 질러가는 고양이에게 눈빛을 쏘기도 했다

그는 책을 읽으면 글자들이 지워진다고 했다
파헤쳐진 밭이 나타나고 짐승의 똥냄새가 풍긴다고도 했다
노래 부르고 싶을 땐 이를 악물고 쇳소리를 냈다
자지로 항문을 헤집을 거라고 했다

그는 세계가 자신의 몸속 같다고 했다
나는 가만히 그의 눈을 핥았다
그때마다 그의 젖꼭지에서 시큼한 풀이 자랐다
우유를 뿌려 그것을 뜯어먹으라 했다

볕 잘 드는 처마 아래서 참새를 잡아 피리 부는 시늉을
할 때,
먼 곳의 집들이 무너져내리는 걸 보았다

그는 내게 엉덩일 맡긴 채 눈물 흘렸다
그가 사람이 되어 말을 한다면 나는 그를 죽일 것이다

그는 엉덩이로 말을 하는 사람이었다
한 개의 구멍을 더 갖고 싶다며 눈을 찌르며 피 흘렸다
항문을 뚫고 빠져나올 자지에 새 이름을 걸어달라 했다
나는 다만 가만히 앉아 흐르는 피를 받아 마셨을 뿐, 그의
육질은 신의 발톱 같았다

움직이는 벽화

처음, 눈앞에 벽이 있었다 눈물을 흘렸는지 똥을 쌌는지 모르겠다 '침묵하는 혀끝의 기교'라는 말을 떠올렸다 몸에 잔뜩 풍이 들어 팔다리가 저리게 너울거렸을 뿐이다 봄볕이 두터워지며 이내 어두워졌다 눈이 시렸다 벽 한가운데서 꽃 넝쿨이 빠른 속도로 뻗어나가고 있었다 잎이 자라는 움직임과 꽃술이 펼쳐지는 모양까지 한눈에 보였다 빨간색과 분홍색, 초록색과 갈색, 더 많은 색들이 제 몸을 오그라뜨렸다 펼치기를 반복했다 넝쿨이 커지는 만큼 벽은 작아지고 벽 뒤에 숨은 풍경이 밝아졌다 꽃들이 용트림한 자리마다 붉은 길이 열렸다 길 한가운데로 한 여자가 아이를 품에 안고 걸어가고 있었다 벽이 점점 멀어져갔다 달아나는 벽을 좇아 꽃대궁이 성큼성큼 다른 길을 냈다 길이 멀어질수록 눈이 아팠다 분홍 꽃잎 사이에서 기다란 꽃술이 뻗어나왔다 여자의 몸을 휘감고 커다란 반원을 그리며 꽃잎 속으로 다시 오그라들었다 꽃이 부풀었다 여자 품에서 떼어져나온 아이가 불끈불끈 어른으로 자랐다 거웃이 나고 어깨가 단단해지고 귀밑에 수염이 자라는 모양까지 한꺼번에 포착되었다 거대한 뱀과 싸우듯 춤추는 꽃대궁을 팔뚝에 감고 피 흘렸다 비명을 지르는 꽃 모가지에서 여자의 얼굴이 튀어나와 섧게 울었다 멀리까지 사라진 길의 끝이 코밑으로 휘어져 다가왔다 대궁과 뒤엉킨 아이의 팔뚝에서 푸른 수맥이 터졌다 길이 새빨갛게 물들었다 눈알을 끄집어내 넘실대는 붉은 강의 중심에 흘려보냈다 다시, 여자의 얼굴이 떠올랐다 벌어진

입에서 나무가 자랐다 사지를 뻗친 사람의 형상이었다 춤을 추는 듯도, 뭔가에 붙들려 싸우는 듯도 하였다 사위가 어두워졌다 꽃들이 버럭버럭 소리를 질렀다 다시, 벽이 울긋불긋 솟아올랐다 눈빛에서 차단된 태양의 뒷면, 저승의 감광판을 거친 혀들이 벽 속의 어둠을 핥아먹고 있었다 처음,

봄날, 거꾸로 선 정오(正午)

연분홍빛 능청들이 쏟아져내려 땅 위의 붉은 눈으로 지
워져갈 때,
절멸은 몸안에 숨은 눈을 다시 밝히는 일
공기 중에 뚫린 구멍이 꽃들의 그림자 뒤에서 선연하다

구멍 속에 열두 사람이 갇힌다
열두 방울의 눈물이 천지에 피어나
열두 방향의 사계(四季)를 새롭게 지어낸다
다가올 밤은 지구가 우뚝 선 채 제 그림자를 확인하는 동
안의
짧은 암전일 뿐,
어제의 죽음도 내일의 비탄도 다 오늘이 지어낸 낭설에
불과하다
바람은 속살을 흔들어 강의 물빛을 오려내는 데 열중이고

열두 구의 시체가 강의 입구에서
물을 껴입고 일어선다
자동차들은 만년의 속도로 느릿느릿
다가올 시간을 짓밟는다
새들이 사람 모양의 물속으로 뛰어든다
흐물거리는 날개에 덮혀 어둡게 녹슨 도시의 풀들이 휘
파람을 분다

허공에 입을 다문 음악이 떠 있다
나무들은 열을 뿜어내며 스스로의 침묵을 갉아먹는다
한없이 걷다가
음악의 충만한 고요 속에서 죽고 싶다는 생각

열두 개의 음표가 사분의삼박으로 도열할 때
시계의 초침과 분침이 수직으로 엉켜 자지러질 때

붉은 옷을 벗은 꽃들의 그림자가 춤춘다
한낮이 감춘 어둠의 살을 서로 베어먹으며
탄식하고 환호하여 비로소 별천지의 침묵으로 요란하게
무너지며

나는 저것들이 벗겨낸 유령의 피부로 떠돈다
손에 닿으면 미끄덩 지워지는 적막의 봉오리로

나무의 룰렛

식물의 정기가 순연하다고 여길 때마다
멸망으로 쏠리는 뇌의 반대편

비는 난산한 봄밤의 적막 속에서 몸을 비틀고
한 번도 명명되지 않은 우듬지를 거슬러
뿌리까지 똬리 트는 뱀의 미망

거대한 뱀의 등피 속에 내려와 숨는 별들
거꾸로 우뚝 선 무상(無常)
바람에게 머리칼을 붙들린 정념

나무의 실뿌리들이 거슬러올라 가지를 꺾는다
기억을 모두 버린 손가락이
이마에 총구를 댄다

올 풀리는 시간의 철도가 오른쪽 귀에서
반대편 귀를 뚫고 지나간다

달의 뒤편에서 출발한 기차가
천년을 앞질러 몸안에서 절규한다

꽃부리의 투명한 피

고요하다
최초로 모든 힘을 손끝에 모으는
벌거벗은 역사(力士)처럼

애이불비, 까마귀

1
눈보라가 흰다
진눈깨비의 소슬한 반란

닫힌 창을 두드려
사랑의 열쇠를 비트는 한낮

삼천 리 길 떨어진 그대 집 앞에서 눈물 흘린다
눈송이의 엷은 결정들 속,
차가운 먼지로 떠도는 보석들을 꺼내려
발톱을 치켜세운다
눈물을 닦으려는 품새일 수도 있다
눈 밑에 핏줄이 긁힌다
발톱 끝에서 시간의 결쇠에 목줄 걸린
바람이 윙윙댄다

잠들어 있는 그대의 복부에
상심한 진눈깨비들이 유리알로 내려앉는다
수백 줄기 피의 소로(小路)가 열리고
차갑게 닫히는
사랑의 통로들

피 흘리며 찢어진 길들이 오래전 혼자 울던 날,

거울 속의 느린 상처 같다

2
진눈깨비가 멎는다
창밖이 빠르게 무거운 깃털로 어두워진다

전신을 가린 어둠 뒤편에서
나는 흙빛 깃털의 무게로 흐느낀다

일부러 상처내기 위한 사랑이 아니었다
그대를 업으려 내민 등에 세계의 참혹한 비밀이 얹혔을
뿐,

주둥일 부라려 눈가를 핥는다
목젖에서부터 칼이 솟구친다
갈기갈기 찢긴 그대를 물고 날개를 긁적인다

그대가 쓰러진 자리,
함지박만큼 벌어진 시간의 검은 구멍 속에서
벌거벗은 여자가
눈보라 속을 달린다
여자가 뛰어간 자리에만
거대한 폭설이 백 년 만의 안부처럼 나부낀다

쨍한 하늘 낮달의 부리에 걸려
시커멓게 몰려오는,
통곡 없는 울음의 검은 메아리

기이한 숲

나무 하나 없는 곳에서도
나무가 보인다
죽은 자들이 대낮 창천 아래에서
민낯으로 속삭이고 있는 거다

허공 한가운데 커다란 창이 떠 있다
안으로 깊숙이 들어가
창밖 너머 그들의 얼굴 보려 하지만
자꾸 내 얼굴만 얼비친다

표정이 바뀔 때마다 나무들이 우는 소리를 낸다
수십 년 전 심폐를 빠져나간 돌개바람의 귀환

바람 지난 자리에
피와 재가 섞인 물 단지 하나,
참수당한 시간의 머리통인 양
길 위에서 눈뜬다

가장 먼 곳의 나무가 천천히 걸어와
긴 여행 끝에 탈속한 걸인처럼
단지 속 핏물을 들이켠다

뒤돌아본 옛 도시가 불타고 있다

미스터 크로우

나는 태양과 싸우는 고아
봄의 목전부터 벌써 가을 저녁 빛이 그립다
타오르기도 전에 꺼져가는
핏빛 난리의 뒤편을 보고 싶은 것이다
육식하는 새들이 오래 쪼다가
한 됫박 엎질러놓은 사람의 내장으로
천지를 다시 발라보고 싶은 거다
뚝뚝 제 몸을 쪼개 강물 위에 써놓은
볕의 마른자리에서
흙속에 묻힌 아이의 유골을 파헤치며
처녀의 눈물로 사라진
여름의 자궁을 헤집고 싶어라

기다란 나무들의 행렬 끝에 홀연히 서서
바람의 시린 등골을 파내는
구음 검무에 몰두한다
꺼억 꺽 늙은 목청이
낙하하는 별들의 마지막 행로를 비튼다
검무의 정석은
칼에 의한 상처와
칼로 인한 슬픔을 자각하지 않는 것
스스로 칼이 되어
둥글게 굽어지는 것

칼끝에 맺히는 흙색 선혈의 저녁 빛 속에서
오래전 무너져내린 집들에
산 사람들이 들락거리고
일몰 너머에 파묻혀
몰래 연기만 피우던 아이들이
별안간 노인이 되어
속곳까지 뽑아내는 장탄식을 연발하다 죽는다
해가 반쪽나서 들춰내는
영원한 청년의 어둠
제 어둠에 코를 박는,
저 자신을 능멸한
지구의 역회전

태양이 털털거리며 아랫도리에 부딪친다
저녁을 고스란히 삼켜
새벽까지 울고 싶은 순간이다
비칠대며 장막을 펼치는
새벽의 등골에 울음의 가시를 박는다
만개하는 빛 속
오색 만화의 파열음들
생의 모든 기운을 일점에 모으면
태양빛에 가려져 있던
죽음과 재생의 필름들 속에서

돌멩이 하나의 기원이
우주의 모든 페이지를 펄럭거리게 할 수도 있다
나는 태양의 속울음을 찢어
어둠 너머의 이야기들을 밤새 목놓아 노래한다
태양 볕에 새카맣게 그을은 몸뚱이로 남아 있는
이 모든 흉흉한 전설이
대지를 빛내는 유일한 사역이라는 듯
천지를 베어내는 슬픔으로
스스로 목을 찢어
빛에 눈먼 모든 아이의 엄마를 불러 헤맨다
춤과 죽음의 경계에서
죽음의 춤의
유일한 배경으로 떠돌며
어둠 속에 붙박인 천년 고목이 사람의 흉터로 떠돈다
나는 태양과 싸우는 고아
열기가 식은 자리에 떠 빛의 허물을 퍼먹는다

겨울빛

흰 나방이 떠돈다
이것은 충분히 설명 가능한,
부드러운 착란에 속한다
흰 나방이 떠돈다
눈더미에 파묻힌 사람이
눈의 최초 형상으로 일어선다
유리 결정으로 맺힌 거미줄
햇빛이 길고 투명한 혈관을 내어건다
그 속에서
흰 나방이 떠돈다
흰 나방의 그림자가
허공의 빙점을 1인치씩 끌어올린다
누가 죽었다는 기별
아무도 슬퍼하지 않는다
눈더미 속에서 액체가 되는 눈송이처럼
흰옷을 입은 사람들이
총천연색 꿈을 꾼다
죽은 자의 초상을
광고판 속 미녀의 얼굴 위에
한 겹 두 겹 겹쳐 그린다
미녀의 눈에서 흰 나방이 웃는다
미녀의 입속에서 흰 나방이 불을 뿜는다
미녀가 흰 털을 껴입고 걸어나온다

미녀가 대기중에 미끄러진다
흰 나방이 떼로 떠돈다
눈더미에 묻혀 있던 사람이
쓰러진 미녀 위에 올라탄다
눈의 최초 결정들이
하늘로 오른다
흰 나방의 몸에서
하얀빛이 빠져나간다
이것은 목숨을 다한,
직시(直視)에의 충동에 가깝다
흰 나방이 떠돌면서
흰 나방에서 벗어난다
흰 나방의 몸짓이 지워진다
벌거벗은 미녀가 흰 붓을 들고
눈더미 속에서 깨어나는
검은 곰의 눈알을 색칠한다
이것은 눈의 최초 결정 속에서 목격한,
세상의 마지막 풍경
검은 곰의 흰 뼈들이
어느 도시의 최초 도안이 된다
흰 나방과 검은 곰의 무게는
영원한 등가(等價)로
오래오래 태양의 저울을 멈춰 있게 한다

춥다
환하다
당신을 향했던 유일한 전갈처럼
악의 없이 빗나간
영혼의 분침처럼

천둥의 자취 Ⅲ

늦은 밤 늙은 나무 하나가 절명했다

잠결에 들었던 천둥 울음이
몸안에 진한 문신으로 남았다

쓰러진 나무의 밑동은 무슨 동굴 같다

몸의 뿌리가 세계의 끝에 잠겨
초경의 달에게
눈물로 버무린 피를 송출했던 건
사람 하나가 나무가 되는 최초 신호일까

문득,
긴 사랑이 끝나고 오래도록 흘렸던 피를 다시 마시고 싶다
죽은 나무와 섭하고 싶다

나는 미끄덩한 길의 끝에 음부를 꽂은 채
몸안으로 뻗치는 길의 가지들을 느낀다

새들이 머리칼 속에 알을 품는 아침

지난밤의 번개가 내 몸을 가르며
신의 유액과 함께 터져나온다

유골을 핥는 새들의 주둥이가
죽은 사람의 몸만하다

천둥의 자취 凸

생각의 깊은 우물 속에서 비로소 입을 벌린 내 자궁을 열고
핏줄 속을 유영하던 별들이 정체를 밝힌다

뒤바뀐 해와 달의 풍미는
허방에 드러누운 꽃과 새의 다른 이름들을 지어 부른다

꽃이라 해도
그것은 향기를 내어 벌나비떼 후리는 그것과 다르고
새라 부른들
그것은 천계의 음률로 새벽의 잔등을 일으켜세우는 그것
과 다르니
나는 내가 파묻혀 있던 세계의 망집들에서
잠시 벗어나는 행복에 무지하게 잠겨보는 것이다

먼 곳의 길이 음경 안쪽의 집이 되고
나자마자 무너지는 서슬을 뿜으며
어느 큰 등나무의 등걸을 헤픈 계집의 음부처럼 열어젖
힌다

거기 머리를 박고 큰 숨을 쉬자

죽은 나무가 날아오른다

사람이 되지 못한 미련한 사자처럼
죽어서야 비로소 지상의 뜨거운 무늬가 되는
병든 사슴의 적막한 뿔 기둥처럼

정념을 적출당한 아비들아,
나를 강간하시오

최초의 책

희원일까 체념일까
책갈피 속에서 동그란 점이 하나 떨어졌다
지난밤에 올려다본 달일 수도 있다
부식토 냄새가 난다

한 개 점을 오래 들여다본다는 건
세계로부터 자신을 덜어내
다른 땅을 핥겠다는 소망

머리를 박고 울면서
점 안으로 자라 들어가는 고통의 뿌리로부터
아직 태어나지 않은
나무와 풀들의 수원(水源)을 찾는다

나는 머잖아 숲이 된다
나무들을 끌어안고
나무들의 무덤이 되어
다시 동그란 점이 된다
지구를 알약처럼 삼키고
손때 묻은 우주의 벌목 지대에서
천년을 잘못 읽히던 책 한 권,
비로소 제 뜻을 밝힌다
수의(壽衣) 벗듯 문자를 풀어헤쳐

돌의 이마 위에 투명하게 드러눕는다

나뭇잎 한 장이 전속력으로 한 생을 덮는다
나는 미래의 기억을 다 토했다

해설

세상의 착란 속에서 부드러운 착란을 노래하기

김진석(철학자, 문학평론가)

1

강정 시를 읽으며 내 입에서 퍽 유(fuck you), 라는 말이 나온다. 오랜만에 시 해설을 쓰니, 강정 시에 담긴 폭발할 듯한 긴장이 확 느껴진다. 그 긴장의 고압이 욕으로 변해 내 입을 쌩 통과한다. 강정 자신이 바로 전 시집의 「고별사」에서 그런 욕을 내뱉기도 했지만("주여, 이 씹새끼여, 외치며/ 호방하게 술잔을 비운 다음/ 어두운 괄호 같은 게 되고 싶어도 한답니다"—『활』, 문예중앙, 2011), 그 욕 때문에 내 입에서 욕이 나온 건 아니다. 아마 내가 괜히 욕을 퍼붓는 건 아닐 게다. 나에게 강정의 심사가 팍, 전해져서 나도 모르게 그런 욕이 튀어나왔을 게다. 이번 시집의 시들을 쓰던 그의 몸이 아프고 찢어지고 발광했을 모습이 전해져서, 그런 욕이 나오지 않을 수가 없다. 이 시들을 그저 눈으로 읽고 고개를 끄덕일 수가 없기 때문이다.

여기서 '너'는 누군가? 우선, 시를 이렇게 긴장과 고압 그리고 폭발 직전의 적막이 작렬하는 풍경으로 만드는 세상일 것이다. 세상, 퍽 유야. 그래 세상은, 우리가 종종 잊고 살지만, 설명할 수 없는 혼란과 환각이야. 그럴 만도 하지. 강정이 이 세상에서 '귀신'과 놀다가 혼비백산할 만도 하다. 이 세상에서 어떻게 아무렇지도 않은 듯 눈알을 굴리고 있겠어.

그러나 다음으로, 욕이 향하는 '너'는 시 혹은 시인일 수도 있겠다. 오로지 사랑을 꿈꾸며 상처를 받고, 상처를 받으며 부글부글 끓는 시. 시적 본질을 통해 세상의 본질에 닿으려고 하지만 세상이 생각한 대로 그렇게 존재하지 않는다는 것을 알기에 원망과 절망에 몸부림치는 시. 혼탁하고 복잡한 욕망들이 절충된 제도의 아수라 한가운데서 세상의 시원을 꿈꾸다 바로 그 순수성 때문에 탈이 나는 시. 또 퍽 유에서 '너'는 에로스, 일 수도 있다. 에로스는 우리에게 희망을 가지게 하면서도 또 그만큼 우리를 슬픔과 폐허로 이끈다. 그것이 생명력이든 사랑이든. 그러나 그것만도 아니지. 그때의 '너'는 그 자신, 혹은 그가 시를 쓰게 만들어준 바로 그 언어, 혹은 그와 사랑을 나눈 몸들이기도 하다.

이 시집에서 일상의 사물과 일상의 시간에 대한 차분한 묘사나 관찰은 없다. 다른 사람들과 공유하는 경험이나 그 경험에 대한 관찰도 없다. 다른 사람과 공유했을 혹은 공유했던 일들에 대해 기억할 경우에도 그것을 기억하는 말들은 공유되기 힘든 것이 대부분이다. 오로지 시인 자신의 전설과 신화에 속할 낱말들이 도열하는 듯하다. 그나마 다른 사람과 공유했던 기억은 사랑에 관한 것일 뿐, 그 사랑조차도 상처 주기와 상처 받기, 고통과 패배, 남성성의 과시와 동시에 여성성으로 돌아가기 사이의 방황과 갈등 등으로 들끓는다. 또 보통 사람들이 짜증을 내거나 분개하는 현실 혹은 공공성에 대한 이야기는 쥐뿔도 없다. 강정 시가 처음부터 공공적이라는 현실에 대해 시건방진 표정을 짓거나 시큰둥했지만, 이 『귀신』은 지독하다. 끝을 볼 작정으로 그는 이 시들을 썼다.

끝을 볼 작정 혹은 작심은 '시인의 말'에서부터 드러난다. "말의 회오리는 고요의 축 주변에서/ 모래알 하나도 선명하게 포착하지 못한다." 말의 회오리가 생기는 이유는 단순하지 않겠지만, 무엇보다 순수한 시작으로 되돌아가기 위해 끝으로 돌진하려는 욕망의 움직임에서 생긴다고 할 수 있다. 『처형극장』(문학과지성사, 1996), 『들려주려니 말이라 했지만,』(문학동네, 2006), 『키스』(문학과지성사, 2008), 『활』에서도 강정은 죽음에 쏠리고, 죽음에 집착하는 경향이 있었다. 죽음을 통해서 새로 태어나고 재생하고 윤생하려는 끈질긴 바람이 있었다. 자칫 죽음에 대한 신경증이나 강박증의 증상 혹은 죽음에 대한 추상적 욕망들로 해석되고 분석될 언어를 천연덕스럽게 혹은 무모하게 날리며, 그는 순수하면서도 강렬한 시적 언어를 확보하고자 했다. 아마도 그때 그는 팔팔한 육체를 가졌었기에 더욱 죽음에 대한 욕망을 키웠을 것이다. 『키스』와 『활』의 첫째 시(「死後의 바람」 「고별사」)뿐 아니라 마지막 시도 모두 죽음과 직간접으로 연결되었다. 심지어 『키스』에서 마지막 시는 처음 시와 같은 제목(「死後의 바람」)을 달고 있다. 이번 『귀신』에서도 마찬가지로 죽음은 전시된다. 1부 첫째 시는 「내 죽음」이다. "바람 분다"로 시작되는 이 시의 풍경은 엉뚱하면서도 심각하고 심오하다. 한편 죽음과 끝에 매달리는 일은 생명과 시작에 거꾸로 매달리는 일이다. "두 다리를 걸쳐 거꾸로 매달린 채/ 머리끝에 잠열하던 글자들을 참깨 털듯 툴툴 털어"낼 때, "거꾸로 쏟아지는 말들은 그저 제멋대로의 그림을/ 하얀 벽 나지막한 줄 위에 세상 밖의 풍경인 듯/ 차지게 그려내고만 있는 것이다"(「물구나무선 밤」). 시작과 끝은 "거대한 그리움의 가쁜 시종(始終)이기도 하였을"(「도깨비불」) 것.

　시인의 이 태도는, 그것이 비록 그 자체로 목적론이지는 않더라도, 일종의 뻐딱한 시적 목적론을 향한다고 할 수 있을 듯하다. 끝을 내서 시적 시원으로 되돌아가려는 마음은, 시작에서 잉태된 시적 본질이 목적으로 꽃피기를 기대하는 것과 연결되어 있다. 강정은 유난히 시작과 끝에 집착했다. 태어나자마자 끝을 내려 하고, 더 나아가 태어나기 전의 꿈을 좇아, 끝을 내려 했다. 지루하고 진부한 일상, 이 지구의 흙, 이 부실한 몸 모두에 대해 시큰둥하거나 그것들을 태워버리고 싶어했다. 지상의 사람들과 얽혀든 세상 이전에 있었던 꿈의 시원으로 되돌아가려는 몸짓 혹은 말짓이 많건 적건 항상 있었다. 아마도 그래서 진부한 일상에 대한 차분한 시선도, 그 진부함을 관찰하면서 시로 비상하려는 시선도, 없었을 것이다. 이 시집에서 속출하는 '죽이다' '태우다' '태워버리다' '재가 되다' 등의 표현들도 그런 태도의 흔적이다.

　그렇지만, 그 시적 목적론이 오로지 시의 본심을 따라 작심하는 일이라면, 그 일이 과연 가능한 일인가? 이 진부하면서도 시끄러운 세상. 그러나 그냥 하찮은 세상이 아니라 온갖 사람의 욕망이 표현된 세상의 처음과 끝을 시를 통해 해결하려는 일이 가당키나 한 일인가? 세상이 말도 못하게 진부하면서도 시끄러우니 외려 시를 통해 적막을 발견하려 하는 심사가 생기지만, 시가 과연 그 일을 할 수 있을까? 시에 대한 시인의 저돌적인 결심과 돌진은 따분하고 지루한 세상의 시간 속에서 필연적이면서도, 끙, 또는, 퍽 유, 소리가 나게 만드는 기운이다. 정말, 끝을 낼 수 있을까. 정말 온갖 허튼말과 헛소리와 거짓말 들을 어느 순간이든 죽일 수 있을까? 그것도, 깨끗하게 죽일 수 있을까? 자신의 몸을 녹이고 지워, 우주의 별과 바람이 될 수 있을까? 그 정념은 오히려 시적 언어에 대한 기대와 욕망 때문에 생긴 건 아닐까?

무엇보다 죽음의 욕망과 시원으로 돌아가려는 정념 사이에서 말의 회오리가 생겼을 것이라는 점을 자각한 시인은 이제, 그 회오리가 "모래알 하나도 선명하게 포착하지 못한다"는 점을 인식한다. 모래알 하나도? 이 시집은 강정의 시집들 가운데에서 말의 회오리가 가장 격렬한 지점에 도달했으면서도, 동시에 그 회오리가 고요의 축 주변에선 모래알 하나도 움직이지 못한다는 것을 자각하고 반성하는, 또다른 회오리의 풍경이다. 그래서 시인은 말한다. "바람 지난 자리의 유령 발자국들./ 말은 늘 마지막이길 바랐다."('시인의 말') 바람 지난 자리에 유령 발자국들이 있다. 이 문장의 분위기는 이 시집의 전체적인 분위기의 전주곡이다. 바람이

휭 하고 지나가고, 그 자리에 다름아닌 유령의 흔적. 바람은 장면을 바꾸게 하고, 장면에 끝을 낸다. 바람은 유령의 기운과 함께 획, 움직인다. 그렇다면 그 유령의 존재 혹은 에너지를 말이 잡을 수 있을까?

"말은 늘 마지막이길 바랐다." 주어는 시인일 수도 있지만, 말 자체일 수도 있다. '마지막'인 말은 마지막을 장식하면서 최종적 발언권을 가진 말, 곧 끝을 내는 말일 수도 있지만, 거의 거꾸로, 맨 마지막에야 오는 것, 따라서 그때까지는 결정권을 가지지 못한 것일 수도 있다. 끝을 내는 힘을 가진 것으로 기대되면서도, 또한 끝이 오기 전까지는 끝을 내지는 못한 채 끝에 가서야 겨우 오는 것. 무게 추는 이들 사이에서 흔들거린다.

이 시집의 마지막 시는 뭘까? 그것도 역시 죽음을 전시하지만, 우리가 바로 물음을 제기했던 시작과 끝에 대해 실마리를 던져준다. 「최초의 책」이다. 여기서 "세계로부터 자신을 덜어내/ 다른 땅을 핥겠다는 소망"은 "아직 태어나지 않은/ 나무와 풀들의 수원(水源)을 찾는다". "나는 머잖아 숲이 된다/ 나무들을 끌어안고/ 나무들의 무덤이 되어/ 다시 동그란 점이 된다/ 지구를 알약처럼 삼키고/ 손때 묻은 우주의 벌목 지대에서/ 천년을 잘못 잃히던 책 한 권,/ 비로소 제 뜻을 밝힌다/ 수의(壽衣) 벗듯 문자를 풀어헤쳐/ 돌의 이마 위에 드러눕는다// 나뭇잎 한 장이 전속력으로 한 생을 덮는다/ 나는 미래의 기억을 다 토했다". 이 세계로부터 자신을 덜어내고 지우는 나는 나무가 되고 숲이 되기를 바란다. '책갈피 속에서 떨어진 동그란 점을 오래 들여다보는 일이 이 세상에서 자신을 덜어내는 일'이라면, 나무가 되고 숲이 되는 일은 이 세상에서 잘못 읽히던 책들을 나무와 숲으로 되돌리는 일과 연결된다. 한 생을 덮는 나뭇잎 한 장은 책을 통한 미래의 예측이나 기억을 다 토해놓는다.

　여기서 우리는 강정이 말하는 시작과 끝이 어떤 성격을 가지는지 어렴풋이 짐작할 수 있다. '최초의 책' 혹은 나무는 말하자면 제도가 낳은 언어와 세상의 문자를 지움으로써 도달하게 되는 곳에 있다. 죽음은 그런 시초로 돌아가기 위한 행위다. '마지막'이기를 바라는 말은 문화의 언어와 문명의 언어로 완성시킬 수 있는, 그리고 그 언어로 되돌아가 완성되는 말이 아니라, 오히려 기존의 언어를 지우고 또 지움으로써만 바로 시작으로 가는, 아니 시작으로 그냥 가지는 못하고 구부러져서 가는 시간의 말이다.

　그러나, 이렇게 시의 언어를 통해 끝을 보려고 하는 일, 이렇게 기존의 잘못 읽히고 왜곡과 거짓으로 넘치는 책을 깨끗하게 지워버림으로써 끝을 보고 그래서 마지막(으로) 말이 도래하기를 바라는 일도 어떤 방식으로든 일종의 종말론으로서의 목적론에 연결되어 있지는 않을까? 말하자면, 죽지 않으면서 끝없이 죽음을 불러내는 일은 너무 끝의 언어에 집착하는 일이 아닐까? 거짓을 모두 태우고 거짓 아닌 것으로 되돌아가려는 일도 너무 끝과 시작에 매달리는 일이 아닐까? 그럴 수도 있다. 지지부진한 중간과 유야무야인 하루하루의 이어짐을 시를 통해 싹, 지우고 깨끗한 시작으로 돌아가려는 일도, 그럴 수 있다. 그럴 수 있다. 강정은 시적 극한으로 가며, 시를 통해 죽음을 꿈꾼다. 대부분의 보통 사람처럼 오늘 하루를 쩌질한 일상인으로 살면서도, 시를 통해 끝을 꿈꾼다. 끝없이 끝을 꿈꾼다. 퍽 유, 지지부진한 하루하루. 그런데도 끝이 빨리 오지 않으면? 말이 마지막이길 바라는 자는 토해낸다. 퍽 유, 시. 퍽 유, 죽음. 그리고, 그리고, 퍽 유, 마지막 말.

사실, 죽음과 끝을 상상하는 여러 형태의 종말론은 이제 새로운 방식으로 도처에서 일어나고 있다. 온갖 형태의 종교적 '구원파'들만 종말을 얘기하지 않는다. 그런 구태의연한 종말론들과 달리, 새로운 형태의 죽음을 꿈꾸는 일들이 싹트고 있다. 이것들이 꿈꾸는 끝이 기존의 목적론을 연상시키는 점이 조금 혹은 꽤 있더라도, 새롭게 죽음을 불러내는 일은 이제, 아니 언제부터, 엉뚱하고 우스우면서도 심각한 일이 되었다. 기후 이변으로만 세상의 시간이 끝을 보는 게 아니다. 가지가지 엉뚱하고 삐딱하고 우스우면서도 심오한 방식으로 사람들은 끝과 죽음을 꿈꾸고 준비한다. 강정이 이 어중간한 세상에서 시를 통해 끝없이 죽음과 끝을 생각하는 일은 시적 판타지이기도 하지만, 시적 현실이기도 하다. 이런 점에서 강정은 시적 언어의 순수성을 믿는 종말론자이다. 죽음과 종말이 당장 코앞에서 일어나고 있다고 믿으면서도 동시에, 기다리는 그것이 자꾸 밀려나고 있음을 아는, 혹은 거꾸로, 살아 있음을 느끼게 하는 죽음은 마지막에야 오는 것임을 인식하면서도 매 순간 그것이 도래하기를 바라는, 시적 종말론자. 마지막으로 욕 한번 더. 퍽 유, 죽음. 매 순간 여기 있으면서도. 매 순간 밀려나는 너.

2

이제까지 강정은 시집을 크게 구획한 후 각각의 구역에 특별한 표제어를 내걸거나 인용하지는 않았는데, 이번 시집에서는 전체를 대표하는 머리글(序)과 3부로 나뉜 각 파트의 머리글을 내걸었다. 1부 머리글로 내건 건 수운 최제우의 말이다. 여기서 강정은 '귀신'이라는 표현을 따오는데, 사실 '궁궁(弓弓)'이란 말이 일반적으로 '귀신'이라 번역되거나 해석되고 있지는 않다. 『정감록』에서부터 전해져 내려왔던 그 말을 수운이 한울님의 관점에서 해석했고, 원불교에서도 나름대로 그 말을 원용했다. 『정감록』에서 그 말은 난리가 났을 때 피난 가서 세상의 화를 피할 안전하고 구석진 곳 정도로 이해되었다. 그와 달리 수운은 '내가 한울님'이라는 궁극의 이치를 제시함으로써 그 말에 종교적 혹은 제의적 깊이와 넓이를 부여했다. 어쨌든 수운의 재해석에서도 '어두운 그늘'이란 분위기는 남아 있다. 궁은 활처럼 굽은 것이니, '궁궁'은 굽고 굽은 것이다. 요즘 말로 하면 혼돈이나 무질서 속의 질서(카오스모스) 정도로 해석될 수도 있다. 그런데 강정은 그 '궁궁'을 귀신이라 해석한 구절을 인용하고, 또 그 말로 시집의 제목을 삼았다.

세상 사람들이 천지〔太極〕는 알지만 궁궁/귀신은 모른다는 문장에서 어느 정도 드러나듯이, 귀신 혹은 어두운 그늘은 대상화된 실체나 실체로 떠받들여지는 신이 아니다. 각각의 내가 한울님이 되는 방식이 궁궁이자 귀신일 것이다. 대상화된 실체나 신을 향해 절할 필요 없고, 각자의 나와 너를 향해 절하면 된다는 동학의 관점도 여기서 나온다. 물론 내가 저절로 혹은 그대로 한울님이 되지는 않을 터이다. 그럼 어떻게?

강정은 감히 이 물음과 씨름한다. "삼계(三界)를 다 삼킨 빛이 다만,/ 어떤 사람의 액화(液化)한 몸이었을 뿐"(序 직후에 놓인 「도깨비불」)이라는 말을 필두로 하여, 여러 형태의 환유나 은유를 통해 나를 지우거나 내 몸의 일부분으로 우주를 대체하고자 한다. 1부 첫째 시 「내 죽음」은 "하늘빛을 그득 담은,/ 내 허물의 마지막 홍채"라는 표현으로 끝난다. 몸을 녹이고 죽여, 하늘빛에 스미고 하늘빛 속에서 지워지게 하기. 이 일은 다만 은유와 환유의 수준에서 일어나는 일일까? 강정은 그렇게 여기지 않는다. 강정이 시인으로서 특이한 점이 바로 몸과 몸을 통한 감각에 직접, 강하게 아니 요란하게 호소하는 방식이다. 처음부터 지금까지 그 방식은 유례를 찾아보기 힘들게 그의 시를 지배한다. 그 과정에서 몸이 열리고 찢어지고 섞이는 비범한 이미지들이 나

왔다. 그래도 『활』까지는 아직 이야기와 관찰을 통해 구성
된 차분한 시들이, 매우 혼란스러운 이미지의 난장 속에서
꿈틀거리는 시들 옆에 공존했었다. 그러다, 『귀신』에 와서
는 차분한 목소리의 시들은 아예 자취를 감춰버렸다. 귀신
과 도깨비 들 소리를 듣고 말하느라 시인은 온통 허공에 귀
를 기울이고 허공에다 말을 뱉는다. 그런 고요의 언어를 만
나면, 오오오, 할 수도 있고, 아아아, 할 수도 있지만, 픽 유,
로 갈 수도 있다.

　이 귀신은 다른 말로 하면 도깨비다. 이것인가 하면 저것
이고, 이것도 아니고 저것도 아니다. "괴물 같기도 요정 같
기도 아이 같기도 어른 같기도/ 남자 같기도 여자 같기도 하
였다/ 그렇게/ 그 어느 것도 아니었다". 논리학은 여기에도
있고 저기에도 있는 제3자를 극력 배제하는데, 귀신 혹은 도
깨비는 바로 그 배제된 3자를 되살려놓는다. 그렇게 하기 위
해 "죽음이라는 최초의 가면을/ 서로에게 씌워주었다". 그
렇게 해서, "나는 그들의 마지막 남자이자 최초의 여자가 되
었다"(「도깨비불」). 남자이자 여자인 것. 이 혼재 혹은 겹침
은 좋은 말로 표현할 수 있는 공존으로 머물지만은 않는다.

　이 도깨비, 혹은 귀신의 모습은 어떨까? 역시 이성적인 언
어는 배제하려고 하는 어떤 삼자이다. "분명한 악당이었으
나 밥을 해 먹여주고 싶은 슬픈 짐승이기도 하였을 거다/ 그
나 우리나 겁에 질렸을 것이나 그나 우리나 많이 지쳤던 것
이었을 거다"(「도깨비불」). 분명한 악당이기도 하면서 밥을

해 먹여주고 싶은 슬픈 짐승이기도 한 인간, 겁에 질렸거나 지쳤을 인간의 모습을 우리는 시집 곳곳에서 본다. "누가 창가에 서 있다/ 여자라고도 남자라고도 말 못하겠다/ 남자의 성기 끝에 여자의 입을 달았다고나 말해야겠다/ 사람이라고도 사람 아니라고도 말 못하겠다/ 짐승의 몸으로 사람이 풀을 뜯는 것이라고나 말해야겠다"(「바다에서 나온 말」).

이것이기도 하고 저것이기도 한 것, 혹은 이것도 아니고 저것도 아닌 것은 어스름하다. "도근도근,/ 이라 쓰고 마음 안에 그 자리를 찾는다/ 어떤 근육의 실없는 움직임이거나/ 새벽녘 창가에 머물던 이명 같은 건지도 모른다/ (……)/ 도근도근,/ 이라 되뇌며 하고 싶은 말과/ 할 수 없는 말 사이에 느릿느릿 징검돌을 놓는다/ 가고 싶은 곳과 가야 할 곳이/ 욕망과 당위 사이에서 서로를 밀고 당길 때/ 그 모든 사태를 짐짓 남의 일인 양 눈 내리깔고는/ 멀리서 낚싯대를 드리운 채/ 잡히지 않는 물고기의 기별이나/ 혼자 쥐어짜보는 것이다/ 이것은 누구의 계시나 명령도 아닐 것이고/ 뭔가를 바라서 들끓던 마음의/ 분방한 객기도 아니었을 것이다/ 그저 어떤 것의/ 우연하고 돌발적인 눈뜨임에 말을 걸려 하니/ 짐짓 눈 그늘이 짙어지면서 명징한 말의 쓰임을/ 잊어버린 까닭이라 순순히 숨쉴 뿐이다". 명징한 말의 쓰임을 잊어버린 자는 "생을 뒤집어 다시 발 구름 하는 연한 배냇짓"(「도근도근」)을 한다. 조카가 죽은 다음날 시인은 죽음의 물가에 가보았다. "바람이 켜대는 물의 척추에서 우수수 빗물이 솟구

115

쳤다/ 나무도 돌멩이도 모두 젖지 않는데,/ 나만 젖었다//
(……)// 흠뻑 젖었는데도 물이 되지 않는 나/ 물의 영역 안
에서 혼자 불이 되어 우는 나"(「물의 자기장」). 물은 만물의
경계를 흐리게 하고 지워버리면서, 시작과 끝이 우당탕 만
나게 하는 물질이다. 바로 그 물의 영역 안에서 화자는 불이
되어 운다. 솟구치는 물과 우는 불, 이것들은 이 시집의 빈
번한 이미지 가운데 하나이며, 강정의 신비한 시적 기운을
가늠해볼 수 있는 이미지이기도 하다.

그러나 현재 대중문화적 기호들과 사물들이 판을 짜고 또
굳히고 있는 와중에, 물과 불의 에너지에 호소하는 일, 그리
고 그 와중에 귀신과 도깨비를 불러내는 일은 얼마나 효과
적인 시적 전략일까? 이전 시들은 그래도 사물들과 부딪치
는 풍경 속에서 몸의 감각들을 그려냈는데, 『귀신』에서는 묘
사나 관찰을 통한 견성(見性)은 쪼그라들고 그 대신에 환각
과 환청의 기술과 기법 들이 전면적으로 확대된 형국이다.
"밤새 심청가 완창을 듣다 잠이 들었다/ 몸안에 한기(寒氣)
가 하도 깊어 심지어 마음이 따갑게 델 지경./ 분명 살아본
적 있는 물속이었다// 어느 쇠락한 역사(力士)가 구부러뜨
린 미련일까/ 언월(偃月) 끄트머리가 물의 심장을 찔렀다/
복기되지 않는 소리들이 물 밖으로 튀어/ 사라지는 공기가
되었다// 물과 불이 산소가 되는 시간/ 천년의 망집이 천년
의 근거가 되는 하룻밤// 이마에 빨간 벚이 솟았다/ 귓속에
서부터 검은 털이 자란다/ 멀리서만 움직이는 별들의 항로

와/ 물속에 큰 집을 지어 달의 비문을 읽는/ 어두운 정충들의 운동을 탐첩하려는가/ 나는 새가 되어 운다". 꿈의 환각은 시인의 용기 혹은 무모함을 빌려 시의 무대로 나온다. 물속에 무슨 큰 집을 지어 달의 비문을 읽는 어두운 정충들의 움직임을 탐첩하려는 우는 새가 되는 나. '나'는 물과 공기, 별들과 어두운 정충들의 물질에 감응하는 몸으로 변모한다. 그런데 그 몸은 쇠락한 역사 혹은 눈먼 역사의 칼을 들고 있다. "눈먼 역사의 칼이 먼 별의 성기로 자라/ 배꼽을 유린한 까닭일 터다". 여기서 불안과 무력감 혹은 사도-마조히즘의 증상들이 나타난다. "음경이 몸안을 쑤시고 들어온다"(「암청(暗聽) 1」).

음경과 음부의 이미지들은 용기와 무모함 사이에서, 가학과 자학의 경계에서 기우뚱거린다. 불편하다고 여겨질까 혹은 자신이 감당하지 못할까 혹은 무모함으로 비치지 않을까 걱정하지 않는다는 점에서 강정은 누구보다 용기 있다. 음경이 쑤시고 들어온다는 점에서, 화자의 욕망은 마초적 욕망과 연결되어 있기는 하지만 그렇다고 그것으로 그치지는 않는다. 오히려 여자 혹은 마초 아닌 남자의 욕망이 드러난다고 할 수 있다. "늦은 밤 늙은 나무 하나가 절명했다// (……)// 문득,/ 긴 사랑이 끝나고 오래도록 흘렸던 피를 다시 마시고 싶다/ 죽은 나무와 썹하고 싶다". 여기서도 일종의 사도-마조히즘 증상의 표현이 나타난다고 볼 수 있지만, 쉽게 심리분석에 호소하지는 말자. "늙은 나무가 절명했다"는 데 주의하되, 위에서 살펴본 문자와 책을 지우고 나무로 돌아가려는 욕망을 기억하자. 그 나무조차 늙어 절명하는 상황에서, 화자, 여기서 '그녀'에 가까운 여자는, 그 나무와 섹스하고 싶다는 욕망을 가진다. "나는 미끄덩한 길의 끝에 음부를 꽂은 채/ 몸안으로 뻗치는 길의 가지들을 느낀다". 죽음의 순간에 성의 욕망이 나타난다는 것은 새로운 일이 아니다. 보통 인간, 보통 짐승의 시간은 그렇게 흘러간다. 강정의 시적 감수성은 그 순간 나무를 향하는데, 그것도 싱싱하고 높은 나무가 아니라 늙어 죽은 나무를 향한 욕정을 포착한다. 그 감각을 포착하는 몸은 번개가 지나다니는 통로이며, 신/귀신의 유액이 터져나오는 매개체이다. "지난밤의 번개가 내 몸을 가르며/ 신의 유액과 함께 터져나온다"(「천둥의 자취 凹」). 여기서 신의 유액을 불러내는 일은 엉뚱한 환각일 수도 있고, 엉뚱하면서도 삐딱한 환각일 수도 있다. 더 나아가면 그러면서도 심오한 환각일 수도 있다. 물론 그 환각은 단순히 심리적 증상은 아니고 언제나 몸이 틈입하는 감각이다. 번개도 그저 은유의 차원에 머물지 않는다. 강정의 시가 물질이 된 마음을 포착하는 기술의 산물인 한, 우리는 그가 언어의 벽을 뚫고 싶어한다는 것을 인정해야 한다.

신/귀신의 힘에 감응하는 순간은 뒤집힌 짐승의 시간과 맞물린다. 「돼지우리에서」는 이 두 시간의 흐름이 부딪치는 동성애적 광경을 보여준다. 여기서도 책을 읽으면 글자

가 지워지는 것을 느끼는 남자가 있다. "그는 세계가 자신의
몸속 같다고 했다/ 나는 가만히 그의 눈을 핥았다/ (……)//
그는 엉덩이로 말을 하는 사람이었다/ (……)/ 나는 다만
가만히 앉아 흐르는 피를 받아 마셨을 뿐, 그의 육질은 신
의 발톱 같았다". 입으로 말을 하는 사람과 키스를 하던 시
의 화자는 엉덩이로 말을 하는 사람과 사랑을 나눈다. 시는
키스로 만족 못한다. 언어와 극한의 게임, 익스트림 스포츠
를 벌인다. "높이 뛰올랐다가 하늘을 되튕겨 추락하는 기분
이란 걸/ 시로 써보려 한다/ 그러려면 온몸이 소리가 되어/
흔적없이 바스러져야 한다"(「소리의 동굴」). 인간의 언어
를 혹사시키면서, 그것을 지우기. 높이 뛰올랐다가 추락하
는 기분을 느끼는 건 모든 익스트림 스포츠의 기본일 터. 시
라는 익스트림도 '되튕겨 추락하기'에 무게를 싣는다. 서정
적으로 말하기와 서사적으로 말하기 모두를 뭉개면서, 심장
과 내장 그리고 엉덩이와 자지 그리고 칼과 부러진 기타 소
리가 추락하게 하기.
　이런 의미에서 강정의 도깨비 같고 귀신 같은 시들은 싸
움, 말싸움과 몸싸움의 기록이다. 귀신들과 한판 붙는 것도
힘들지만, 서정과 서사와 싸우는 것도 힘든 일이다. 여러 사
람이 달라붙어 이러쿵저러쿵하는 서정과 서사와 드잡이하
기. 보통은 서정과 서사를 통해 사람들은 서로에 닿고 서로
를 사랑한다. 그런데 '나'는 "서로 닿지 않는 영역에서 전력
을 다해 자신을 지우는 게/ 사랑이다, 라고 나는 쓴다"(「소

리의 동굴」). '마지막 말'을 꿈꿀 만하다. 서정의 예쁜 언어
도 버리고, 서사의 착한 이야기도 버리고, 끝장이라는 난장
을 벌이기. 언어가 만들어낸 허깨비들 틈 사이로 비집고 드
러나는 도깨비를 사랑하기.

3

그러나, 사랑, 몸이 강렬하게 개입된 사랑이 그렇게 중요
한 이유가 뭔가? 그리고 그것에 몰입하는 시는 어떤 성격
을 가지게 되는가?

인간의 언어, 대상 그리고 행위 사이엔 각각 허공이 있다.
보통 인간의 언어는 행위의 실행을 통해 그들 사이에 다리
를 놓거나, 대상을 지칭함으로써 가교를 놓는다. 또는 대상
을 직접 지칭하지는 않더라도 아름다운 상징들을 꾸미는 데
몰두하기도 한다. 언어는 그렇게 교통과 교환에 봉사한다.
그런데 강정은 이런저런 아름다운 언어를 믿지 않는다. 사랑
을 나누는 몸을 말하면서도 부드러움과 아름다움에 대해서
는 아무 말도 없다. 그런 말이 나올 낌새가 있으면 오히려 펄
쩍 뛰며, 추하다고 난리다. 최소한 시에서는 그렇다(일상에
서는 그렇지 않다. 여기서 벌써 시의 언어는 유령의 흔적을
쫓는다). 강정의 언어는 '죽고' '죽이고' '떠나고' '버리고'
'날아오르고' '추락한다'. 또는 세상이 폐허가 되리라, 폐허
가 됐으면 좋겠다, 라는 순수한 정념의 고압 펌프이다. 혹시
시는 나 혼자 폭발하는 게 아닐까? 세상은 저기, 저기서, 멀

쩡한데. 또는 사랑하는 '너'를 아무리 불러내도, 적지 않은 경우 너와 나의 관계는 폐허로 쏠리는 경향이 있다. 또 전반적으로 주체의 정념과 감각은 승하는 대신, 타자들의 구체성이나 타자에 대한 관계는 쇠한다.

이 간격, 이 거리가 문제다. 강정은 이 거리와 간격을 허깨비를 지우고 도깨비를 만남으로써, 해결하지는 못하더라도, 조정하려고 한다. 이 과정에서 "부드러운 착란"이라 부를 수 있는 이 시집의 기법이 시의 무대에 등장한다. "흰 나방이 떠돈다/ 이것은 충분히 설명 가능한,/ 부드러운 착란에 속한다"(「겨울빛」). 그러나 사실 이 시집의 많은 이미지들은 설명 가능하지 않을 것이다. 이미지들을 엮는 일상적인 혹은 나와 타자를 동시에 연결하는 내러티브는 없기 때문이다. 그 대신에 제 몸안에서 별들의 사체를 발굴하고 물고기의 꼬리뼈를 탐색하며, 자기파괴적인 사랑에 몰입하려는 에피소드들만 가득하다.

이 설명 가능하지 않음은 어디서 오는 걸까? 강정은 저돌적으로 '나의 몸'과 삼계(三界) 혹은 세계 사이에서 경계들을 지우고 넘어가려 하고 또 이것이 이 시집의 큰 모험적 성과이기는 하지만, 이 부드러운 착란이 시의 스타일에 미치는 영향은 나름대로 검토되어야 할 것이다. 왜 그의 시들은 인간들이 맺는 사회적 관계가 유발하는 이런저런 갈등이나 마찰 들과 구체적으로 마주하는 일은 피한 채, 나의 몸이 세계와 섞이는 물질적이고 신비하면서도 다른 한편으로는 몽환적인 이미지들을 드러내는 데 몰두하게 된 것일까? 물론 인간관계의 갈등과 마찰이 그의 시에 없지는 않다. 오히려 많다. 다만, 그 갈등과 마찰이 생기는 상황에 대한 구체적인 혹은 일상적인 관찰은 뒤로 밀려나고 있다. 이 물음을 그의 시의 재료와 형식의 차원이 몸과 만나는 지점에서 한번 살펴보자.

　시의 본심을 믿으며 시의 언어로 '돌진'하는 시인이 있다. 그러나 그 돌진은 사실 일상언어의 관점에서는 '행위'가 아니다. 그 돌진은 일상의 혹은 사회적 관계의 차원에서는 어디로 나아가지 않고 나아가지도 못한다. 그 '돌진'은 시적인 작심이고 정념 덩어리이기 때문이다. 몸은 제자리에서 타버리거나 녹거나 지워지거나 찢어지거나 자멸하는데, 바로 그렇게 지지직 타는 몸의 감각 순환 속에서 말은 회오리가 된다. 행위를 실행하는 말이 아니고 대상을 행한 말도 아닌 채, 언어는 감각과 정념을 태우면서, 그리고 그렇게 제 몸을 녹이면서, 자신을 지우고자 한다. 별이 되기를 꿈꾸는 시는 많다. 그러나 별의 시체를 제 몸안에서 발견하는 시는 드물다. 또 물고기의 몸이 되어 거대한 물질적 흐름 속으로 자신을 놓아주려는 시도 드물다. 강정은 인간의 언어이기를 포기하고 짐승의 언어가 되기를 바란다. 새와 거미와 돼지의 언어가 되기를. 또는 사랑을 말하면서도, 부드러움과 아름다움을 멸시한 채, 아니, 아니, 멸시하는 척하면서, 밀도 높은 사랑만을 하고자 한다. 그렇다. 강정은 밀도와 강렬함을 시의 대상과 형식뿐 아니라, 시의 재료(언어)와 매체(몸)의 모든 차원에서 추구하고자 한다. 거기서 그의 시의 특징이 생긴다.

아마도 여기서 몸의 정념에 몰두하고 또 사랑하는 몸의 육체성에 몰입하는 시의 빛과 그늘이 생길 것이다. 강정 시의 화자가 세상을 밀도 높게 체감하는 유일한 매체는 육체일 것이다. 수많은 이야기들이 그의 몸을 통해 생산되고 파기될 때, "그는 그 안의 주인공이자 유일무이한 최종 관객이 된다. 무수한 남자와 무수한 여자, 제각각 냄새와 빛깔이 다른 식물과 동물들, 다종다양한 기계와 검거나 붉은 흙과 차갑고 뜨거운 물이 여러 시간대에서 창궐하고 소멸하지만, 그 모든 걸 물리적으로 체감할 수 있는 육체는 단 하나뿐이다"(『콤마, 씨─시로부터 사랑이기까지』, 문학동네, 2012, 27쪽). 자신의 몸을 세상을 체험하고 세상을 표현하는 주인공이자 유일무이한 최종 관객으로 보기 때문에, 그의 시는 강렬하다. 그러나 강정은 마흔 줄에 들어설 즈음에 그 몸의 유일성에 양립하는 의문을 어떤 방식으로든 스스로 제기하는 듯하다. 내 몸이 주인공이자 유일무이한 최종 관객만은 아닐 수 있다는 자각과 관계된 의문. "삶의 실질적 내용이라 믿어왔던 것들이 실상은 자신의 의지와는 무관하게 직조된 거대한 허상에 불과했다는 몽롱한 자각"(같은 책, 28쪽). 몸이 직접 개입된다고 여겨지는 접촉면도 자신의 의지와 무관하게 직조되는 면이 크다. 그뿐 아니라, 사랑하는 사람의 몸이나 마음도 자신의 의지나 마음만으로 움직이거나 직조되지 않는다. 그는 이 점을 자각하고 고백한다. "깊이 들어갈수록 자꾸 오해만 낳게 되던 한 사람의 마음 앞에서 나는 나 스스로에게 놀라고, 그 모든 것에 일말의 자비도 베풀지 않는 세계의 냉엄함에 절망했다"(같은 책, 14쪽).

　몸의 감각에 몰두하는 사람은 또 자신의 감각의 진정성에 기대는 경향이 있다. 잠깐 거슬러 올라가,『키스』의「티브이 시저caesar」를 읽어보자. "나는 슬픔이라 불리는 낡은 물질을 질겅질겅 씹으며/ 이따위 유치한 꿈이나 꾼다/ (……)// 감퇴한 성욕과/ 비대한 순정의 아이러니를 무한 반복하며/ 短調의 간투사로 연연하던 청춘은 여전히/ 검투사의 미래를 꿈꾼다/ (……)/ 대기권 밖의 기별들을 생중계해줄 핏줄의 신선도만 믿어볼 뿐,". 핏줄의 신선도만 믿는 정념의 언어는 자신이 피의 진정성을 따른다고 여기겠지만, 그 진정성은 사실은 피의 모호성에서 벗어나지 못한다. 피의 신선도도 하나의 중요한 척도이기는 하지만 그것만으로 피의 더러움과 복잡함이 설명되지는 않기 때문이다. "나는 그 모든 미완결의 위선들이 갓 만난 연인들의 키스처럼 달콤하다는 걸 안다"(「사실, 사랑은…」)고 같은 시집에서 화자는 말하지 않는가? 그렇게 키스하는 모든 이들의 피는 신선할 터이고 그 신선도는 달콤하겠지만, 그렇다고 그것만 믿는다면 세상은 여전히 지옥이리라. 아니 아마 지금보다 훨씬 더 지옥이 되리라. 그래서『활』에서는 좀 냉정한 관찰이 자리잡는다. "타인과의 거리보다 자신과의 거리를 더 두라/ 자신과의 거리보다 언어와의 거리를 더 두라/ 사랑이라는 전투에서 참패한 뒤/ 백야처럼 고요히 웃는다"(「유리병 속 거미 한 마리」). 사랑이라는 전투에서 참패하는 게 '시적 정의'라고 말할 필요는 없겠지만, 패배하기도 한다고 생각하는 게 삶의 '진리'에 가까우리라. 어쨌든 패배할 수밖에 없는 피는 신선도와는 다른 차원들에 눈을 뜨게 된다. 삶은 피의 신선도만으로 구성되지 않고, 잡스러움과 이질적인 것의 병존에 의해 직조되는 부분이 많기 때문이다.

사랑도 이 복잡성의 그물에 걸린다. 결혼이라는 관습 한 가운데에서 보면, 사랑은 결혼을 끝내고 결혼 이전으로 되돌아가야 도달할 수 있는 순수함이다. 사랑은 이 점에서, 위에서 우리가 보았듯이, 시작이자 끝이다. 시작으로 되돌아가기 위해 끝을 상상해야 하는 것. 강정이 이전에 줄기차게 꿈꾼 사랑은 그렇게 시작이 끝인 사랑이다. "따라서 모든 사랑은 꿈속의 일이다. 그 지난하고 황홀한 꿈에서 깨어날 때 사랑은 '결혼의 먹이'가 된다. 그렇기에 몽상가는 그 어떤 제도 속에서라면 영원한 동정(童貞)이다"(『콤마, 씨─시로부터 사랑이기까지』, 36쪽). 이렇게 보면 강정은 특히 사랑의 몽상가였다. 사랑이라는 순수한 정념이 활활 타오를 때 살아 있음을 느끼는 정념의 불꽃놀이 곡예사. 이 시집은 순수한 정념의 폭발 현장이다. 그렇게 사랑의 제도와 사랑의 동정이 뻣뻣하게 대립되는 곳에선, 그러나 자기파괴적 긴장과

폭력적 갈등이 틈입한다. 동정이 착하게 유지되기도 힘들다. "모든 걸 다 안다는 듯 짐짓 표정을 바꾸며// 어두운 헛간 같은 데서 바지를 내리는 병든 신의 요의// 하필, 난생처음 가랑이를 벌리는 처녀의// 등뒤에서 작렬하는 웃음"(「밤은 영화관」). 혹은 "어느 큰 등나무의 등걸을 헤픈 계집의 음부처럼 열어젖힌다// (……)// 정념을 적출당한 아비들아,/ 나를 강간하시오"(「천둥의 자취 凸」).

물론 이전에도 강정은 정념과 싸우려고 했다. 『활』에서 한 시를 읽어보자. "종각에 들어선 중은/ 세 끼를 굶었거나/ 어젯밤 몰래 술을 마시고 여자를 품었을 것이다// 정념을 탐해서가 아니다/ 정념과 싸우기 위해서다"(「사물의 원리」). 정념과 싸우다보면 탐하는 것처럼 보이는 것은 피할 수 없을 것이다. 그런데, 실제로 정념과 싸우는 일은, 자신의 행위가 정념을 탐하는 게 아니라 그것과 싸우는 일이라고 마음먹는 것으로 해결되지는 않는다. 몸과 정념에 대한 자기중심적 몰두에서 스스로 벗어나야 한다. 이제 『귀신』의 화자는 냉정하게 되돌아본다. "세상 전부가/ 누가 뜯어먹다 버린 환부 같은 오후// 돌맹이들이 숨어 있던 눈을 떠 이편을 올려다본다/ 뭐라 응대하지도 피하지도 못한다// (……)// 모든 걸 들켜버린 사람을 보호해주는 막은 그러나 세상에 없다". 세상은 누가 뜯어먹다 버린 환부로 보이고, '나'는 모든 걸 들켜버린 사람으로 보인다. "나는 진심을 다한 내 연기가 죽음에 이르지 못했음을 안다/천상의 티브이 속에 갇힌 채, 절뚝절뚝 폐허를 향해 걸어내려오는 오후"(「들켜버린 한낮」).
저쪽엔 천상의 티브이, 이쪽엔 폐허가 있다. 물론 절뚝거리
며 폐허로 걸어내려오는 길은 추락의 패배로 보이지만, 그
렇다고 맥없는 패배는 아니다.

　폐허에서 기어야 한다. 그 일을 피할 수 없다. 그 피할 수
없음을 자각해야 한다. 이 상황에서 정념과 싸우는 일은 이
전처럼 몸의 유일무이한 주체적 혹은 최종적인 기준에만 호
소하는 일로 그칠 수 없다. 몸은 정념을 다루고 제어하는 몸
의 기술을 익혀야 한다. 무술과 검술의 이름을 빌려 수행되
고자 하는 것이 바로 이것이다. 여기엔, 시와 언어, 혹은 시
의 언어가 세상의 전부를 포획하지는 못한다는 인식이 있을
것이다. 그 인식은 몸이 세상의 복잡한 표면과 부딪치는 접
점들에 주의를 기울일 것이다. 몸이 몸들과 부딪칠 때, 또
몸이 세상과 부딪치면서 마모될 때, 모래알들이 생긴다. 이
모래알 하나하나를, 피할 수 없는 모호성에도 불구하고, 정
확하게 파악하는 일이 중요하다.

　그러나, 모래알들은 여전히 포착하기 어렵고 파악하기 어
렵다. 우리 몸이 매 순간 직접, 가까이에서, 감촉하는 것이
면서도, 다시 모래알처럼 손가락 사이를 빠져나간다. 순수
한 정념의 시는 여기서 자신의 몸이 타는 현장을 묵묵히 그
린다. 그 경우 우선적으로 자신의 몸에서 출발할 수밖에 없
다. "당신을 향했던 유일한 전갈처럼/ 악의 없이 빗나간/ 영
혼"(「겨울빛」)에서처럼 당신을 향한 나의 정념에만 집중하

다보면, 자신의 몸이 타자에게 보내는 신호와 욕망을 주로 그리게 된다. 그런데 그 경우, 자신의 마음과 타자의 마음 사이에는 오해와 편견이 끼어들지 않을 수 없다. 순수한 정념인데도 불구하고, 아니 어떤 점에선 바로 그렇기 때문에, 그런 일이 일어난다.

이 과정에서 자신을 지우기와 태우는 일이 다소 추상적이거나 몽환적인 풍경을 구성하는 경향이 있다. 혹은 대상이나 사람과의 관계에 대해 말하면서도 주로 자신의 몸에서 출발하여 말하기 때문에, 순수한 정념의 표현은 자기와 세상이라는 관계를 많건 적건 상징적 이미지들로 대체하는 경향이 있다. 또 자신의 몸을 정념 덩어리로 보고, 그 정념의 불과 물에 집중하다보면, 가학과 자학의 이중 고리를 따라 미끄러지는 경향이 종종 생긴다. 또 짐승의 언어와 몸의 물질적 밀도에 몰두하다보면, '세계의 참혹한 비밀'에 대한 구체적인 관찰은 밀려날 수 있다. 그래서, 세계는 짐승과 물질의 밀도와 강렬함 차원에서는 풍족해지지만, 인간과 사물이 맺는 사회적 관계의 복잡성 차원에서는 빈약해지는 경향이 있다. 그런데 이 복잡성도 일종의 도깨비, 아마도 인간 사회에서 가장 지독한 귀신 가운데 하나이다.

이 순간에, 일상 세상의 차원에서는 당신을 향했던 전갈뿐 아니라, '당신에게서, 당신들에게서 오는 전갈'이 중요해질 것이다. 현대의 보통 사람들은 옛날의 성인 못지않게 각자 사랑의 정념 속에서 수난을 겪으며 정념에 몰두하고 있다. 일상의 작은 일들에서 상대가 원하는 것을 예측하고 돌려주는 일은 어렵다. 각자가 자신의 몸의 정념에 몰두할수록 역설적으로 어렵다. 그러나 순수한 정념이 터지기를 바라는 강정은 그런 '일상적 착란'을 그리는 쪽으로는 가지 않는다.

그 대신 그는 여기서 리샤오룽의 말과 미야모토 무사시의 말을 내세운다. 그것은 시인의 객기로 끝나지는 않을 것이다. 강렬한 정념을 찾아내기 바라는 자, 그리고 아름다운 서정의 언어나 공공성을 주장하는 서사의 말을 쫓아다니지 않으려는 자는 무술이 행하는 내공과 경지를 익히는 쪽으로 간다. 시 자체가 미학적 내공의 문제가 된다. 단순히 언어의 회오리에서 끝나지 않고, 몸들의 접점에서 모래알이 구르는 소리를 듣기. 스타오(石濤)의 인용구도 이것과 연결된다. 무술을 하는 자가 주의를 기울이는 것은 자신의 몸이 타인의 몸을 버티고 그것과 엉키는 접점, 그리고 또 환경에 의해 둘러싸인 접점들이 아닌가. 거기에서도 가까운 착란이 보이고, 그것은 태양과 별보다는 가까운 거리에서 일어나는 일일 것이다.

정념 덩어리 혹은 정념의 에너지가 된 언어가 이제까지 강정 시의 핵심이고 그 시의 특이함을 만들어냈다면, 이제 그는 큰 전환기를 맞이한 듯하다. '마지막 말을 바라기'는 기존 시 언어의 관점에서 보자면 시건방진 말이지만, 이제 무술로 말하는 시의 관점에서 보면 정확한 말이다. 무술을 통해 말하는 것은 정념을 덜어내는 일로 향한다. 시집의 序는 리샤오룽의 말이다. "나무인형이 되어라. 그것은 자아를 가지고 있지 않다. 그것은 아무것도 생각하지 않는다". 몸으로 하는 모든 기술과 무술은 생각하지 않는다. 칼에 자신을 맡긴 몸이 말과 정념에 사로잡히면 끝이다. 물론 무술과 칼이 세상을 싹둑 벨 수 있는 것도 아니고 세상을 깨끗이 자르지도 못한다. 최소한, 몸에 충실한 에너지를, 몸을 제어하는 기술을 통해 얻고자 하는 것이다. 무사시가 칼을 쓰는 일에서 접신의 경지에 올랐다고 여겨지지만, 그렇다고 그가 칼 쓰는 기술만 뛰어났던 건 아니다. 몸과 몸이 버팅기고 엉키는 접점의 밀고 당김에 대해 날카로운 인식을 가졌지만, 그렇다고 여기에 그치지도 않았다. 그는 칼싸움이 일어나기 전에 현장의 지형을 답사하고 관찰하는 일을 강조했다. 자기 몸의 감각에만 기대는 기술을 넘어서는 또다른 접점이 있는 것이다. 이 접점을 다스리는 일은 직접적으로 몸의 감각이나 정념으로 어쩌지 못할 수 있다. 그 접점은 다름아닌 바람과 물과 흙과 불이 정적 속에서 회오리치는 곳이기 때문이다. 강정은 이 시집 이전에도 몸이 바람과 물과 불과 흙으로 기어가는 모습을 노래했지만, 이제 무술을 시의 공간 안으로 끌어들이면서 새로운 경지에서 그 모습을 노래한다.

정념을 다루고 제어하는 몸의 기술을 익히는 일의 다른 예는 슬프되 통곡하지 않기, 곧 애이불비(「애이불비, 까마귀」)

130

일 것이다. "일부러 상처내기 위한 사랑이 아니었다/ 그대를 업으려 내민 등에 세계의 참혹한 비밀이 얹혔을 뿐,// 주둥일 부라려 눈가를 핥는다/ 목젖에서부터 칼이 솟구친다/ 갈기갈기 찢긴 그대를 물고 날개를 긁적인다". 이 시는 착란적 이미지들의 현란한 풍경 한가운데서, 슬프되 통곡하지 않으려는 제어를 익히고자 한다. 마지막으로 「미스터 크로우」의 앞부분을 읽어보자. 여기엔 "태양과 싸우는 고아"의 모습이 그려진다. "나는 태양과 싸우는 고아/ 봄의 목전부터 벌써 가을 저녁 빛이 그립다/ 타오르기도 전에 꺼져가는/ 핏빛 난리의 뒤편을 보고 싶은 것이다/ (……)// 검무의 정석은/ 칼에 의한 상처와/ 칼로 인한 슬픔을 자각하지 않는 것/ 스스로 칼이 되어/ 둥글게 굽어지는 것". 이 시는 "부드러운 착란"의 여러 특징들을 골고루 보여준다. 태양과 싸우는 고아의 비장미와 처연함이 그려지고 있는데, 각양각색의 이미지들은 혼돈 속에서 굽어지고 또 굽어진다. 칼과 무술로 싸우는 일은, 그리고 시로 싸우는 일도 마찬가지일 터인데, 스스로 칼이 되어 둥글게 굽어지는 일이다. 모든 무술의 핵심 가운데 하나는 굽어지며 상대의 기운을 이용하는 것이다.

싸움의 상대에 대해서도, 몸에 대해서와 마찬가지로 말할 수 있다. 사랑의 상대에 대해서든 싸움의 상대에 대해서든 정념이 중요한 것은 말할 필요도 없지만, 적의 얼굴은 가능하면 구체적으로 드러나야 하고 적의 움직임을 제대로 봐야 한다. 강정 시가 적과 싸우는 효과적인 장면이 될 수 있을까? 이제까지 그는 사회적인 적들과의 싸움에는 시큰둥했다. 그 대신 순수하고 강렬한 정념의 적에 대해 타올랐고, '내 몸'이 겪는 우주적 수난에 초점을 맞추었다. 정념은 수난과 맞물렸다. 정념으로 타오르는 몸은 말의 회오리를 타고 기어올랐고, 수난 속의 몸은 고요와 적막의 바닥을 기었다.

위에서 보았듯이, "나는 진심을 다한 내 연기가 죽음에 이르지 못했음을 안다". 나의 잘못이나 게으름 탓이 아니다. 연기엔 당연 진심이 필요하지만, 그것만으론 안 된다. 세상 타자의 몸을 버티고 그것과 엉키는 일은 진심과 진정성만으로는 안 된다. 정념의 언어는 내가 진심을 가지고 있음을 보여주고 싶어하지만, "가면 안쪽에 가시가 돋는다"(「가면의 혈통」)는 것도 피할 수 없기 때문이다. 여기서도 진심을 넘어선 '무심' 혹은 '나무인형'의 어떤 경지가 필요하다. 강정은 이제 애이불비의 정념과 '무심'의 정념을 익히려고 한다.

아찔하고 무서운 일인데, 나의 '진심'을 보여준다고 세상이 가까워지는 건 아니다. 세상은 각각의 몸이 느끼는 진심이나 진정과는 상관없이 분화하고 복잡해진다. 아무리 진심을 강조하는 철학도 세상에 가닿지 못하고, 아무리 진정성을 말하는 시도 마찬가지다. 몸과 언어가 아무리 진심으로 연기해도, 아니 그렇게 믿을수록, 세상이 가까워지지 않는다는 것, 아찔하고 무서운 일이다. 귀신 혹은 "부드러운 착란"이 생길 일이다. 혀 위에선 모래알들이 굴러다닌다.

바람과 비와 별들의 사체엔 진심이 있을까? 그리고, 시엔 진심이 있을까? 그것만이 있어야 할까? 시작으로서의 끝을 믿는 시는 자신이 사랑하는 대상이 세계 전부라고 믿으며, 그 세계 전부를 자신의 마음속에서 한순간에 포획하려고 욕망한다. 그러나, 유감스럽게도, 자신이 사랑하는 대상만이 세계는 아니다. 내가 사랑하는 대상과 나의의 관계는 나의 진심이나 정념보다 더 복잡하고 더 착란을 일으킨다. 더욱이 세계에는 내가 사랑하지 않는 사물들이 많다. 나와 이것들과의 관계도 더 복잡하고 더 착란적이다. 나와 나 자신 아닌 것들, 내가 사랑하는 것과 사랑하지 않는 것들 사이에는 끝없는 배리와 소모와 어긋남이 착란의 모래바람을 일으킨다. 그 끝없이 연장되는 끝없음을 지나가며, "한순간 삶의 모든 걸 노래의 강물에 띄워 스스로를 낭비하는 배려"(『콤마, 씨―시로부터 사랑이기까지』, 254쪽) 혹은 돌진이 없다면, 세상은 견디기 어려울 것이다. 이 낭비의 기술이 "부드러운 착란"의 시다. 강정의 시는 세상의 착란 속에서 부드러운 착란을 노래하는, 뻐딱하고도 심각한 시다.

강정 1971년 부산 출생. 시 쓰는 남자. 노래를 만들어 부르기도 하고 가끔 연극 무대에 서기도 한다. 시집으로『처형극장』『들려주려니 말이라 했지만,』『키스』『활』이 있으며, 산문집으로『루트와 코드』『나쁜 취향』『콤마, 씨』등이 있다.

— 문학동네시인선 060

귀신

ⓒ 강정 2014

— 1판 1쇄 2014년 9월 12일
1판 3쇄 2022년 11월 21일

지은이 | 강정
책임편집 | 김필균
편집 | 곽유경 이경록
디자인 | 수류산방(樹流山房) 본문 디자인 | 유현아
마케팅 | 정민호 이숙재 박치우 한민아 이민경 안남영 왕지경 김수현 정경주
브랜딩 | 함유지 함근아 김희숙 고보미 박민재 박진희 정승민
제작 | 강신은 김동욱 임현식
제작처 | 영신사

펴낸곳 | (주)문학동네
펴낸이 | 김소영
출판등록 | 1993년 10월 22일 제2003-000045호
주소 | 10881 경기도 파주시 회동길 210
전자우편 | editor@munhak.com
대표전화 | 031) 955-8888 팩스 | 031) 955-8855
문의전화 | 031) 955-3578(마케팅), 031) 955-1920(편집)
문학동네카페 | http://cafe.naver.com/mhdn
인스타그램 | @munhakdongne 트위터 | @munhakdongne
북클럽문학동네 | http://bookclubmunhak.com

ISBN 978-89-546-2569-2 03810

* 이 시집은 2014년도 한국문화예술위원회 아르코문학창작기금을 수혜했습니다.
* 이 책의 판권은 지은이와 문학동네에 있습니다. 이 책 내용의 전부 또는 일부를 재사용
  하려면 반드시 양측의 서면 동의를 받아야 합니다.

잘못된 책은 구입하신 서점에서 교환해드립니다.
기타 교환 문의: 031) 955-2661, 3580

— www.munhak.com

문학동네